Marie de Lattre

La Promesse

roman

Robert Laffont

ISBN : 978-2-221-26705-9
Dépôt légal : janvier 2023
Éditions Robert Laffont – 92, avenue de France, 75013 Paris

« N'oublie pas l'enfant. K. »

J'ai trois prénoms, Marie, Madeleine, Frida.

Un qui dissimule. Un qui protège. Un qui révèle.

Marie ne raconte rien. C'est le prénom classique par excellence, donné à des millions de petites filles depuis des siècles. Il traverse tous les milieux. Marie mère de tous chez les catholiques, ce prénom fut la cache idéale.

Je ne suis Marie que parce qu'il y a eu Madeleine et Frida. Frida puis Madeleine. Madeleine avec Frida. Ces deux femmes sont les mères de mon père.

La biologique, Frida, et l'adoptive, Madeleine. Leurs prénoms m'ont été donnés dans un ordre inversé. Madeleine devant Frida. Celui qui protège, en premier. Celui qui révèle, qui trahit les origines, ensuite.

Pour les enfants de ma génération, Marie-Madeleine donnait naissance à pas mal de moqueries, faisant oublier mon dernier prénom. Frida était donc bien planqué.

Frida, à l'origine *Frieda*.

Le e originel, entre le i et le d, avait été retiré par mon père à l'état civil pour plus de sûreté. Frieda était trop marqué est de l'Europe. Trop juif, trop tragique, quand Frida appelle les couleurs vives des toiles de Frida Kahlo, ou l'amoureuse solaire de Brel, merveilleuse blonde de Belgique.

L'histoire de Jacques, mon père, a pris toute la place. Celle de ma mère existait peu. Elle était simple, avec son lot de problèmes familiaux mais assez communs.

Celle de mon père n'était que silence et interdit.

L'injonction à l'écrire que j'ai héritée, je la porte en moi depuis ma naissance par mes deux derniers prénoms.

J'ai eu quatre grands-parents paternels. Frieda, Kogan, Madeleine et Pierre.

Les deux premiers sont morts en déportation. Les quatre se sont aimés.

Cette histoire fut leur secret et celui de mon père.

Val-de-Grâce

J'avais six ans. Nous dînions, mes parents, mon frère et moi, dans la cuisine de la rue Bruller, notre appartement parisien du 14e arrondissement où nous vécûmes jusqu'à mes huit ans. C'était le début des années 1980. L'appartement était encore décoré années 1970. Murs peints en jaune laqué très vif, toile cirée bleu marine.

Mon père, à un bout de la table, pleurait sans bruit. C'était la première fois que je le voyais pleurer. J'étais impressionnée. Je n'entendais pas bien ce que ma mère nous expliquait, mais je compris que Pierre était mort. Comme un écho lointain, pendant que la voix de ma mère résonnait à ma gauche, je voyais des traces noires se former sur les joues de mon frère et je fixais le grand mur qui me faisait face. J'avais l'impression qu'il se rapprochait et qu'il allait m'écraser. La violence de sa couleur jaune éclata soudain en moi, comme un effroi muet que je retrouvai plus tard, en découvrant *Shining* à la télévision. Pierre était mort et je sentis qu'il n'était pas mon premier mort. Qu'il y en avait eu d'autres avant lui. D'autres disparus dont je n'avais jamais entendu parler. Je devinai, sans même le regarder, la tête basse de mon père, ses larmes dans son assiette, et je sus que c'était aussi ces absents-là qu'il pleurait, et qu'avec la mort de Pierre ils étaient revenus l'habiter.

Je n'avais que six ans. Je ne saisis que beaucoup plus tard, au début de mon adolescence, ce que la mort de Pierre raviva en mon père. Les derniers témoins de son enfance, les dernières personnes à avoir connu ses parents vivants allaient disparaître. Et avec leur mort le silence, définitif, sur ce qu'avait été l'histoire de mes grands-parents s'installerait. C'en était fini du temps où il était encore un petit garçon, où il parlait une autre langue, portait un autre nom et avait une famille.

Pierre de Lattre était le père adoptif de mon père. Il fut mon grand-père. Il était aimant et savait le montrer. Il façonna mes souvenirs de toute petite fille.

Pourtant, il me semble avoir toujours su qu'il était un grand-père adopté, qu'il n'était pas le père de mon père. Jamais celui-ci ne l'appelait papa. Son seul prénom pour surnom me surprenait déjà, quand mon autre grand-père, maternel, avait un diminutif.

Pour Pierre, pas papi ou bon-papa. Pierre, simplement, comme tout le monde l'appelait. Mes parents, sa femme, ses amis. Lorsqu'un prénom est utilisé de la sorte, il ne contient pas de génération. Il annule la marche du temps.

Nous étions sa famille, mais une famille bricolée, imposée par l'histoire et entérinée avec les années. Un Rubik's Cube sérieusement mélangé.

Quand j'eus huit ans, mes parents déménagèrent rue du Val-de-Grâce. Je me souviens de notre première visite. L'endroit était immense et magnifique. Il faisait face à l'église, sans aucun vis-à-vis. Des moulures décoraient les pièces. À l'entrée du salon, des petits joueurs de flûte à l'air mélancolique étaient sculptés sur le plafond. Un énorme billard envahissait la salle à manger. J'étais émerveillée à l'idée de vivre dans tant de beauté. J'étais devenue Peau d'âne dans le film de Jacques Demy, quand elle découvre sa robe couleur de lune, ma préférée, et qu'elle en touche l'étoffe telle une parure de diamants, passant doucement ses doigts sur toutes les pierres qui la composent. Je regardais tout. Je n'avais jamais rien vu d'aussi majestueux. Nous courions partout, mon frère et moi, comptant les pièces, nous perdant, revenant sur nos pas, essayant de nous repérer dans l'agencement des lieux.

Du balcon de l'appartement on pouvait aussi voir les jardins du Petit Luxembourg. Longtemps, d'en haut, nous y avons lancé des bombes à eau sur les passants, à plat ventre sur le sol, nos têtes seules dépassant des barreaux. Nous rigolions beaucoup. Bien des années plus tard, au printemps, j'y admirais l'éclosion des bourgeons sur les arbres, guettant l'arrivée de l'été. Parfois mon frère me rejoignait pour fumer, et nous restions là, côte à côte et silencieux, à contempler la vue en soufflant sur le bout de nos clopes pour en renforcer la braise, deux feux follets dans le soleil couchant.

À huit ans je devenais une princesse habitant un royaume. Mon père, au même âge, était devenu un orphelin. Il perdit ses parents et une partie de sa famille.

Le contraste saisissant de son enfance et de la mienne.

Chez nous, la télé avait une grande importance.

D'abord parce que, jusqu'à notre bac, nous n'avons pas eu, mon frère et moi, le droit de l'allumer pendant la semaine, ce qui lui conférait un caractère magique.

Mon père, en revanche, la regardait souvent. « Les nouvelles » de 20 heures, puis un film ou je ne sais quelle émission. J'en étais très jalouse.

Nous connûmes quelques exceptions, bien sûr, comme *Les Voyages extraordinaires de Gulliver*. Les traits du géant étaient d'une délicatesse inouïe. Il avait un visage de fille et ressemblait à Blanche-Neige. *West Side Story* aussi, dont les ballets endiablés me transportaient. Je me rêvais en Anita dansant sur le toit de l'immeuble, bravache dans sa belle robe violette aux mille froufrous vaporeux. *Voyage au centre de la Terre*, diffusé dans « La Dernière Séance », l'émission d'Eddy Mitchell. Ma mère nous avait réveillés pour le voir.

Et, mais nous étions encore rue Bruller, l'élection de François Mitterrand. Je revois, comme tous les enfants de ma génération, son visage apparaître petit à petit sur l'écran, mes parents qui exultaient, le bruit dans la rue et les klaxons sans fin. Ce fut un grand moment de joie.

Il y eut *Nuit et Brouillard* de Resnais que mon père voulait nous montrer, à mon frère et à moi, sans doute parce que nous en avions parlé en classe, et qu'il a visionné avec nous, un dimanche après-midi dans la salle à manger de la rue du Val-de-Grâce, je devais avoir douze ans. À l'apparition des charniers de Bergen-Belsen, je me souviens de l'agitation de mon père, de son malaise palpable. Il était assis à côté de moi sur le canapé. Il gigotait. Son pied bougeait tout seul. Il se tenait au bord du siège, les mains croisées entre ses jambes écartées, le buste penché, s'avançant puis se reculant, comme prêt à se lever. Il se raclait la gorge. N'y tenant plus, il finit par marcher dans le salon. Puis il nous laissa seuls. Nous nous regardâmes, interdits. Sa nervosité me surprenait. Si je pouvais soutenir ces images, pourquoi pas lui ?

Derrière le poste il y avait une bibliothèque dans laquelle mes parents rangeaient les films. *Shoah* de Claude Lanzmann y occupait presque une étagère à lui seul. Sur chaque cassette, mon père avait inscrit ce mot, en majuscules. Il les avait numérotées. 1, 2, 3… je ne sais plus combien il y en avait. Mon regard tombait souvent dessus par hasard. J'ignorais ce que voulait dire ce mot et je ne posais pas la question. J'épelais ces lettres étranges à haute voix. Longtemps j'ai été incapable de les associer dans le bon ordre.

C'est pourtant un bien petit mot.

Quand j'ai eu treize ans, mon père m'a invitée au restaurant. Nous y allions très rarement, toujours en famille et toujours aux deux mêmes endroits : au Languedoc, boulevard de Port-Royal, qui servait de magnifiques œufs mayonnaise et un mont-blanc du tonnerre, et chez Napoli, un italien de quartier, rue Saint-Placide. C'était la pizzeria du club de foot de mon frère. Nous y dînions seulement pour les grandes occasions, les anniversaires, les bons bulletins ou après les tournois de foot, quand l'équipe se réunissait. Il m'emmena chez Napoli. Nappe rose, surnappe en papier blanc et huile piquante sur la table. Un restaurant tout simple, sans prétention. J'aurais préféré un lieu inconnu, plus tape-à-l'œil, et qui n'aurait appartenu qu'à nous deux, mais j'étais tellement fière de ce rendez-vous que j'oubliai bien vite mes réserves.

C'était l'hiver.

Nous ne nous sommes pas dit grand-chose au départ. J'étais intimidée d'être seule avec lui. Nous avons parlé de tout et de rien, cherchant nos marques. De l'école, des vacances en Bretagne, du dériveur qu'il venait de m'offrir, du chat.

Il se mit à évoquer son enfance. Au début je ne fis pas trop attention à ce qu'il me racontait. Puis quelque chose en moi s'est fermé, comme à l'imminence d'un danger. Il dit : « Tu sais que Pierre et Madeleine ne sont pas mes vrais parents ? qu'ils m'ont adopté ? Mes vrais parents sont morts pendant la guerre. Ils étaient juifs. Ils ont été déportés et ont été assassinés à Auschwitz. Ton troisième prénom est celui de ma mère. » Il s'est exprimé rapidement, d'une voix égale.

Sur le moment, je n'ai rien ressenti. Absolument rien. Je n'ai pas compris.

Enfin je lui ai demandé son nom, son vrai nom. Il me l'a épelé. Il a ajouté que je ne devais le dire à personne. Là encore, je n'ai pas compris. Il regardait ailleurs, enfin me fixa. Et me sourit. Je lui souris en retour et ne posai pas plus de questions, rassurée par sa tendresse. Je ne voulais pas en savoir davantage. En sortant, je l'ai remercié de m'avoir raconté tout ça, poliment, comme on remercie après un bon dîner. Je me sentais empruntée.

Nous restâmes silencieux. De retour à la maison, dans l'ascenseur, il me répéta : « Tu as treize ans maintenant, tu peux comprendre ce dont je viens de te parler, je te fais confiance. Mais tu ne dois le dire à personne. »

Treize ans, l'âge de la bat-mitsva, la cérémonie qui marque la majorité religieuse des filles chez les juifs. Après cette soirée, mon père n'a que très rarement évoqué son histoire avec moi. Ce soir-là, il m'avait donné une seconde identité en me dévoilant la tragédie de son enfance, en faisant revivre le petit garçon juif qu'il avait été, ses parents, son autre nom. Mais cette identité il me l'avait aussitôt reprise en me demandant de la taire, en m'interdisant d'en parler à qui que ce soit. Son passé restait un secret. Et il m'y avait fait entrer, me l'avait offert. Un cadeau étrange, insaisissable.

Mon frère, quelques semaines avant moi, reçut la même confession et fut frappé du même interdit. Lui aussi eut droit, dans le même restaurant, à un tête-à-tête. Je me demande souvent pourquoi mon père ne nous en parla pas à tous les deux en même temps. C'était pourtant le plus simple. Sans doute en nous invitant séparément cherchait-il à respecter nos réactions, à l'un comme à l'autre. Nous sommes jumeaux. Dans notre enfance, l'amalgame revenait facilement entre nous. Pour beaucoup nous étions simplement « les jumeaux ». Et ce malgré les efforts constants de ma mère pour nous différencier et éviter la confusion de nos personnalités. Cette soirée en fut une occasion. Sans ma mère, sans sa certitude de la nécessité de cette confession pour notre construction future, sans son insistance auprès de mon père et sa force de persuasion, il ne nous aurait probablement jamais rien raconté de son enfance. Je ne sais pas comment réagit Thomas. Nous n'évoquâmes pas cette soirée ensemble. Nous étions pourtant très proches à cette époque. Pas totalement sortis de l'enfance et de notre fusion originelle. Mais déjà nous respections la volonté de notre père. Nous fûmes silencieux. Même entre nous.

Mon père n'a prononcé ce nom, le sien, qu'une seule fois devant moi, mais je ne l'ai pas oublié. K.O.G.A.N. Il résonne, lettre par lettre, dans ma tête, comme une comptine ou une prière très brève.

Ma. Petite. Prière. Juive.

Quelques mois après ce dîner, mon père n'était pas revenu sur le sujet mais nous allâmes, en famille, visiter le village où il était né et où il vécut ses premières années, Le Vaudoué, près de Fontainebleau. Nous passâmes devant les Bruyères, la pension familiale que dirigeaient ses parents, et qui avait été la maison de son enfance. Les nouveaux propriétaires étaient là. Ils nous permirent d'entrer, de la visiter à notre aise. Je me souviens mal de l'agencement des pièces, et des détails de la maison.

Nous sommes allés ensuite découvrir le cimetière du village. C'était l'automne et il y avait des feuilles mortes partout. Elles formaient une masse marronnasse, un peu sale, comme elles le deviennent souvent après la pluie. Mes pieds s'enfonçaient dedans, j'avais du mal à avancer.

Je ne comprenais pas ce que nous faisions là. Mais je n'ai pas posé de questions. Je pensais à autre chose, à mes copines, à un garçon. Je trouvais ça moche, toutes ces tombes, pour la plupart mal entretenues, et ces feuilles qui gênaient le passage. Rien de poétique n'émanait de ce lieu. On était bien loin du lyrisme de Musset que j'aimais tant à l'époque. Mon père marchait devant moi, avec, dans la main, un bâton qu'il avait ramassé.

Il s'est arrêté devant l'une des tombes, on ne distinguait plus le nom gravé dessus, et a murmuré : « Je crois que c'est là.

— Là quoi ? ai-je demandé. C'est là que sont enterrés tes parents ? »

Il s'est retourné la bouche tordue de fureur et m'a répondu sèchement :

« Tu es idiote ? Tu le fais exprès ? Tu sais bien que mes parents n'ont pas eu de tombe ! » Et il est parti à grands pas, frappant avec force, grâce au bâton, les feuilles mortes qui se trouvaient sur son passage.

J'étais tétanisée.

Qu'avais-je dit ? Quelle catastrophe avais-je donc provoquée par mes mots ? Comment avais-je pu oublier ce qu'il m'avait dévoilé, à peine quelques mois plus tôt ?

Et pourtant, rien dans mon esprit n'avait fait le lien entre ces images, que j'avais déjà vues à de nombreuses reprises, à la télévision, au collège, les colonnes de fumée qui s'échappaient des fours d'Auschwitz, la crémation des corps des déportés, et le destin de mes grands-parents. J'avais refusé cette information. Aucune corrélation n'était possible entre les deux événements. Elle m'était tout simplement impensable.

Je ne me rappelle rien d'autre que sa silhouette s'éloignant de moi dans l'allée du cimetière. Ma mère et mon frère, qui étaient pourtant présents, ont disparu de ma mémoire. Ce jour-là, la colère de mon père m'a engloutie tout entière et ne m'a plus lâchée.

J'étais enfant dans les années 1970. Avoir un père né avant la guerre me le rendait très vieux. La guerre était *la* frontière. Les parents de mes amis étaient pour la plupart des baby-boomers, comme ma mère, conçus juste après 1945, symboles d'espoir et de renouveau. Mon père incarnait tout l'inverse. Il vivait avec la menace d'une catastrophe imminente. Cette angoisse ne le quittait pas.

Mon compagnon a offert à notre fille aînée *Un sac de billes*. Mon père a eu la même enfance que Joffo. Il fut un petit garçon gai et choyé, qui perdit tout. Il subit la même interdiction que l'auteur de parler de sa judéité. Il dut être mis à l'abri. Il changea de nom. Comme le petit Joseph du livre, il eut surtout peur de mourir. Partout, tout le temps, et jusqu'à la fin de sa vie.

Je regarde ma fille cadette et je me dis : elle a l'âge où l'enfance de mon père a basculé. Comme si tout ce qu'elle connaissait allait disparaître. Jusqu'à sa langue maternelle. Comment survivrait-elle à pareille tragédie autrement qu'en renonçant définitivement à ce qu'elle est ? En oubliant même qu'elle fut cette enfant ? qu'elle fut mon enfant ?

Mon père a été sauvé par le nom d'un autre, de Lattre, notre beau nom de maréchal, que Pierre lui donna et qu'il nous a transmis. Il s'en servit comme d'une armure ; une cape d'invisibilité. Sauvé aussi grâce à l'excellence scolaire. Qui aurait pu deviner, derrière son titre de professeur de médecine, son appartement bourgeois, sa femme et ses enfants, le petit garçon juif apeuré qu'il n'a jamais cessé d'être ?

Je me souviens de ses colères, de son angoisse face à ma mauvaise scolarité. Tous les jours, quand je rentrais du collège, entendant ma clé dans la serrure, il m'accueillait sur le pas de la porte avec cette phrase, devenue rituelle : « Tu as eu des notes ? »

Elles étaient souvent mauvaises. Son regard se voilait de déception et sa joue, qui s'était jusqu'alors approchée de mon visage pour que je l'embrasse, reculait légèrement. Il m'arrivait de faire plusieurs fois le tour du pâté de maisons avant de remonter chez nous pour retarder ce moment, surtout lorsque je m'étais plantée à un contrôle que mon père m'avait longuement fait réviser.

Combien de week-ends avons-nous passés à travailler, côte à côte, lui déterminé à me faire progresser, moi obstinée à ne rien retenir ? Les verrous des salles de bains de la rue du Val-de-Grâce s'en souviennent. Après ces séances de travail, excédé par ma mauvaise volonté, il se mettait souvent à hurler, et moi, à crier plus fort encore. S'ensuivait un chassé-croisé dans l'appartement, assez comique quand j'y repense. Je finissais par m'enfermer dans les toilettes, et mon père enfonçait la porte, ce qui avait la vertu de nous calmer tous les deux. Il passait ensuite un bon moment à remonter le verrou, presque toujours dans le mauvais sens, pendant que, éplorée dans ma chambre, je me jurais de changer de famille dès le lendemain. J'ai, depuis cette période, une tendresse particulière pour les portes bricolées.

Les conflits autour de mes résultats scolaires furent épuisants pour ma mère et mon frère. Ils étaient, pour moi, malgré nos cris et mes larmes, un moyen efficace de maintenir un lien avec mon père à l'adolescence. Une preuve infaillible de son amour. Je savais qu'il ne me lâcherait jamais. Qu'il me soutiendrait toujours.

Mais, pour lui, ne pas réussir à m'élever par le biais du savoir, c'était manquer à son rôle de père. Il restait persuadé que son cauchemar d'enfant risquait de recommencer à tout moment. Que nous ne serions jamais à l'abri de rien. Réussir en classe, c'était *la* protection. La promesse d'une liberté future qui assurerait notre survie.

Mon frère et moi avons fréquenté les meilleures écoles. Mon père nous a poussés à faire des études supérieures, visant pour nous le parcours le plus brillant, le plus élitiste, sans rapport réel avec nos capacités.

Il ne lisait que les journaux. Nous nous arrêtions parfois près d'un kiosque à attendre que *Le Monde* y soit livré. Il arrivait vers 14 heures. Les jours de pluie, nous patientions dans la voiture, une Coccinelle noire. Elle sentait le cuir mouillé et le chauffage poussé trop fort ne réchauffait que mes pieds. Quand il revenait avec son journal sous le bras, il l'installait sur le volant. J'aimais le regarder tourner ces grandes pages, écouter le bruit du papier qui se froissait légèrement sous ses doigts. Au bout d'un certain temps il le pliait, mal, et nous repartions, silencieux.

Il me répétait de lire. « Lis, ma fille, lis, sinon tu seras l'esclave des autres. » J'entendais : « sinon tu mourras ».

Les livres remplacèrent souvent mes manuels. Je dois beaucoup aux romans que j'aimais et que mon père lisait rarement. Nous ne nous sommes pas retrouvés sur ce terrain. Avec lui, je n'ai pas échangé sur mes lectures. Mais je savais qu'en lisant je le rassurais. Que j'avais trouvé là mon moyen d'apprendre et donc de me protéger.

Les week-ends de soleil, rue du Val-de-Grâce, nous prenions le petit déjeuner dans le salon, baigné de lumière et envahi de plantes.

Puis ma mère décidait de mettre de la musique et Verdi ou Purcell explosait. J'en profitais pour danser et mon frère pour m'imiter.

Mon père se levait tard. Lorsqu'il émergeait, ces matins-là, l'épi généreux sur son crâne pourtant dégarni, le sourire aux lèvres, c'était merveilleux. Je le revois dans le couloir, marchant vers le salon. Il se retournait soudain vers moi, l'œil bleu malicieux, et, retroussant son peignoir au-dessus de ses genoux comme s'il s'agissait d'une jupe, il chantonnait en sautillant et battant des cils : « On dit que j'ai de belles gambettes / Mais j'serais pas Mistinguett / Si j'étais pas comme ça… » J'adorais ses simagrées.

Nous organisions aussi des bagarres homériques, tous les trois. Mon frère et moi unis contre mon père et déterminés à lui faire mordre la poussière. On se jetait sur lui, poussant des cris guerriers. Il gagnait toujours, réussissant à nous immobiliser sans effort, tous les deux en même temps.

À ce moment, toute angoisse le désertait. L'ombre sur son front disparaissait. Il était là, présent à la vie. Notre défaite était sans appel. Mais le bonheur entier.

L'appartement regorgeait de cachettes.

Dans le couloir qui menait à la chambre de mes parents, mon père avait fait construire une trappe à l'intérieur de chaque placard. Elles étaient parfaitement invisibles. On ne pouvait les deviner qu'au toucher. La rainure du bois dessinée pour leur ouverture créait une légère démarcation qui, seule, les trahissait.

Il y rangeait des papiers importants, de l'argent, des bijoux.

Il me les avait montrées par précaution à la veille d'un voyage avec ma mère, si jamais il devait leur arriver malheur (un avion qui s'écrase est une chose commune), et que nous ayons dès lors à nous débrouiller seuls, Thomas et moi.

Il y avait aussi, rangé dans leur bibliothèque, un livre en trompe-l'œil très travaillé, avec une belle couverture de cuir marron et, sur son dos, des nervures et un titre doré dans un carré rouge. Il ressemblait à un livre ancien. Aux faux livres que l'on voit dans les films de mafia. Celui où se cache toujours un flingue que le méchant de l'histoire garde à portée de main. Je l'adorais. Ma mère y mettait parfois ses bijoux, mais le plus souvent il restait vide. J'allais régulièrement vérifier son contenu. Je passais mes doigts sur le rectangle creusé, habillé de mots, imaginant ce que moi aussi je pourrais y cacher.

Le secrétaire de la salle à manger avait également un double-fond qu'il fallait déverrouiller en actionnant un des tiroirs de gauche. Je n'ai jamais réussi à l'ouvrir. Tout comme le placard du bureau de ma mère et le tiroir de sa table de travail, qui, malgré mes efforts répétés pour en dénicher les clés, restaient désespérément hors de ma portée.

Enfin, on n'est jamais trop prudent, mon père avait également installé une alarme à l'entrée de l'appartement. Le dernier d'entre nous à sortir de la maison devait l'actionner. Il avait alors exactement sept secondes pour quitter les lieux. Au-delà de cette limite, l'alarme se déclenchait. Stridente et affolante. Mais efficace. Nos secrets étaient bien gardés.

Seuls les tiroirs de la commode de mes parents n'étaient pas fermés à clé. Ils constituaient une source inépuisable de découvertes. Je ne m'intéressais qu'aux tiroirs du haut. Les deux du bas, qui occupaient la largeur du meuble, renfermaient des draps. Ceux du haut, en revanche, rassemblaient un fatras d'objets insolites, lettres, photos. Ils étaient profonds, lourds et très larges, ce qui faisait ma joie. Leur désordre me permettait de les vider tout à mon aise, sans risquer d'être confondue.

Leur contenu évoluait au cours des années, comme une matière vivante en perpétuelle mutation. J'y dénichais toujours quelque chose de nouveau.

Un jour que je fouillais encore, vers mes treize ou quatorze ans, après notre dîner chez Napoli, je tombai sur l'étoile jaune de mon père. Je ne l'avais jamais vue auparavant. Je la touchai, interdite. L'un de ses côtés rebiquait. Sa couleur était éteinte, sans l'éclat que j'avais pu observer sur des photos d'époque colorisées, ou à la télévision. Sa texture était étonnamment douce. Je la humai, puis la replaçai aussitôt là où je l'avais découverte.

Avant cet épisode, ma seule confrontation directe à cette période avait eu lieu chez nos voisins de palier. Un jour où j'étais venue discuter avec leur fille cadette, devenue mon amie dès notre arrivée dans l'immeuble, essayant surtout de croiser son frère un peu plus âgé, nous nous mîmes à parler des camps et de son père, survivant d'Auschwitz où il avait été déporté quand il avait quinze ans.

Sa mère, entendant notre conversation, ouvrit une penderie et me dit :

« Tiens, regarde, c'est sa tenue de déporté. » Et elle sortit de l'armoire une partie du pyjama rayé gris et blanc avec lequel il était revenu des camps.

Il était parfaitement repassé et protégé par une housse en plastique. Comme un beau costume qui sort du pressing.

Quel décalage avec l'étoile de mon père, oubliée au fond d'un tiroir comme si elle n'était rien. Pourquoi ne l'avait-il pas jetée, ou bien mise en lieu sûr, cachée dans une des trappes des placards par exemple, tellement plus discrètes ?

Voulait-il que je la trouve ? Il savait très bien que je fouillais. Son enfance était là sous mes doigts. Accessible, mais muette. Là encore, rien ne me serait dit par des mots.

L'ambivalence de mon père. Son attitude face à ce qui se rapportait à la Shoah était paradoxale. Il était muet et pourtant il laissait des indices. Son histoire filtrait malgré lui. Souvent je l'ai retrouvé dans le salon le soir en train de regarder *De Nuremberg à Nuremberg*, happé par l'écran, tendu, son corps faisant alors écho à celui des accusés qui se tenaient pour la plupart avec la même raideur. Je me souviens également du procès filmé de Klaus Barbie qui le passionnait, de sa fureur devant l'attitude désinvolte de cet homme. J'avais onze ans.

Il imposa l'allemand en première langue vivante à mon frère lorsqu'il entra en sixième, parce qu'il était bon élève, et qu'il était entendu que les bons élèves débutaient par l'allemand. Cela me laissait perplexe. L'allemand, vraiment ? Ne détestait-il pas les « boches », comme il les appelait souvent ? Un hiver, nous allâmes skier en Autriche. Je me souviens d'un hôtel de carte postale, son toit en bois sculpté était recouvert de neige. Il y avait de grands feux dans les cheminées et des chocolats viennois délicieux, que nous dégustions, le soir, frigorifiés, au retour des pistes. C'étaient des vacances formidables. Mais mon père décréta soudain qu'il fallait partir. Ce pays était « trop antisémite ». Il avait dû entendre une odieuse réflexion ou en faire l'objet, mais mon frère et moi n'en sûmes rien. Malgré nos mines désolées nous rentrâmes trois jours plus tôt que prévu.

Il ne donnait pas d'explication à ses réactions. Il fallait décoder. Sa brusquerie était un bon révélateur. Ses colères également, qui surgissaient à l'improviste. Je le sentais alors dévoré d'angoisse.

Il vivait dans la terreur que tout recommence et que nous soyons anéantis, Thomas et moi. Alors nous en dire le moins possible lui semblait le moyen le plus efficace pour nous protéger et ne pas nous exposer à ce danger qu'il croyait imminent. Si nous ne savions rien, nous n'en dirions rien. Et rien ne nous arriverait. Mais les secrets sont ainsi faits que, lorsqu'on les croit bien protégés, ils se répandent insidieusement sur tous ceux qu'ils touchent.

Celui de mon père le rongeait. Comme il nous abîma, mon frère et moi. Par son silence, et celui qu'il nous imposa, il fit de nous, et dans une certaine mesure de ma mère, ses complices et ses héritiers.

Je devais respecter sa volonté et me taire. J'obéis. Le plus souvent, d'ailleurs, je n'arrivais même pas à concevoir son histoire, à y réfléchir sans qu'un épais brouillard tombe sur ma pensée. J'étais littéralement interdite.

Après le dîner chez Napoli, vers quatorze ans, j'ai pourtant tout raconté à ma voisine de palier.

Nous nous retrouvions souvent toutes les deux, le soir après l'école ou pendant le week-end. Nous imaginions des chorégraphies ambitieuses, qu'elle exécutait avec une facilité déconcertante. Nous avions, avec nos frères, installé un panier à l'extérieur de la maison, côté cour, entre leur fenêtre et la nôtre. Nous y échangions toutes sortes de trésors, gâteaux, bonbons ou blagues. Elle m'envoyait des dessins que je conservais précieusement. Ce système servait aussi à nous donner rendez-vous. Quand nous voulions nous parler sans être dérangées, nous nous retrouvions sur le palier du dernier étage, entre nos deux appartements.

Nous nous asseyions, côte à côte, sur les marches.

Un jour que nous discutions là un dimanche en fin d'après-midi, je lui racontai l'histoire de mon père. J'eus l'impression de lui offrir un cadeau inestimable, d'enfreindre une loi sacrée en transgressant l'interdit.

Rentrant chez moi, j'étais soulagée d'avoir pu me délester de ce poids en le partageant avec elle. Mais honteuse également. Je me sentais si coupable d'avoir révélé le secret de mon père que je ne pus m'empêcher de lui avouer mon forfait. Il m'écouta sans rien dire, puis il se détourna et me dit simplement : « Je ne peux pas te faire confiance. » La messe était dite.

J'ai attendu d'être adulte, après sa mort, pour oser en parler de nouveau.

Et encore, toujours avec l'impression de trahir. Du bout des lèvres, et à voix basse.

Mon père affectionnait toutes sortes d'expressions. « Cracher son jus » avait sa préférence.

Le sens de l'effort était pour lui une qualité cruciale. Face à toute chose, il fallait s'élever. J'ai été biberonnée à la parabole des Talents.

Je me suis longtemps demandé comment je ferais pour cracher mon jus moi aussi. Quelle serait ma quête, puisqu'elle ne serait pas sociale. Devenir quelqu'un, être reconnue par mes pairs m'a toujours semblé vain. Je sais mon insignifiance. Celle des autres également. Mais vers quoi se tourner, alors ?

Je connais le poids du silence. Son entière dévastation. Celui de mon père avait déposé une chape sur toutes les questions qui me traversaient. Avant qu'il ne disparaisse à son tour. Pourtant je devais savoir. Trouver ce qui avait été caché. Révéler ce qui ne m'avait jamais été dit. Et raconter qui avaient été les parents de mon père. Ce qui les liait aux de Lattre, comment ils avaient vécu et comment ils étaient morts.

Pendant plusieurs années j'ai été obsédée par la peur de laisser ma fille sans frère ni sœur. Étant née jumelle, pour moi le monde est pair. Mon existence n'est pas dissociable de celle de mon frère. Pas un matin où je ne me sois réveillée sans qu'il respire quelque part. L'idée que ma fille puisse affronter seule notre vieillissement puis notre disparition, celle de son père et la mienne, me remplissait d'angoisse.

Cette crainte se confondait avec celle que je ressentais face à mon ignorance devant mes origines paternelles. Connaître si peu de mes grands-parents me laissait démunie. J'étais habitée par un sentiment de vide. Je me sentais comme un arbre sans racines.

Je sais aujourd'hui que mon effort passe par l'écriture de ces lignes, puisqu'elle m'oblige à rompre cette longue tradition du silence. Écrire est un combat contre moi-même. Mon esprit se dérobe, prend mille chemins pour dévier de mon but. J'écris et j'oublie ce que j'écris, dans un mouvement de balancier, comme lorsque à l'école j'oubliais mes leçons. Chaque mot conservé est une petite victoire.

Qu'aurait pensé mon père de ma démarche ? Aurais-je pu écrire s'il était resté en vie ? Me serais-je accordé le droit de faire mienne cette histoire, de l'accueillir en moi et de la rendre publique ?

Je sais ce que je romps. Ce que je fixe par mes mots.

Des histoires comme la mienne il y en a tant.

Presque aussitôt après la mort de mon père, nous avions alors vingt ans, ma mère décida de nous emmener, mon frère et moi, en Israël, pour y rencontrer Esther, une cousine, et les siens, seule branche de ma famille paternelle encore en vie. Je me souviens de ma surprise en découvrant que, dans ce pays, notre histoire familiale, notre grand secret, dont nous ne pouvions parler à personne sous peine d'être changés en statues de sel, était la même, exactement, que celle du voisin, de l'épicier, du policier. Tous avaient vu leurs familles décimées pendant la guerre. Contrairement à nous, ils parlaient de leurs morts, les pleuraient ouvertement, parfois avec emphase, et chérissaient leur souvenir.

C'est une vieille histoire. Mais c'est la mienne. Et je me dois de faire entendre ma voix. Pour vivre délestée de ce poids. Pour en alléger mes filles. Et me libérer de cette suffocation. Respirer, tout simplement.

Mais par où commencer ?

Convoi n° 46

Commencer par une date peut-être, celle du 9 février 1943, celle où le convoi de la famille de mon père est parti de Drancy vers Auschwitz-Birkenau. C'était le convoi n° 46.

Sur les mille personnes déportées ce jour-là, vingt et une ont survécu.

Dans le *Mémorial de la déportation des Juifs de France* de Serge Klarsfeld, que nous avions à la maison et que j'ai feuilleté pour la première fois adulte, mon père avait corné la page correspondant au numéro de leur convoi, et dessiné une étoile devant le nom de son père, de sa mère, de sa tante et de sa grand-mère.

Commencer par les photos que j'ai d'eux ? Ces belles images jaunies, posées ou prises sur le vif, dont ma mère a constitué un album aux pages cartonnées, épaisses et noires. Elles sont nombreuses, ce qui devait être rare à l'époque, peu de monde possédait un appareil photo. Leur quantité dévoile ce qu'a dû être leur vie. Des portraits, de gens qui me sont pour la plupart inconnus, devaient être ceux d'amis de passage et d'artistes qui séjournaient dans leur pension aux Bruyères pour quelques nuits ou quelques semaines.

Commencer par les lettres, nombreuses là encore, que mes parents ont découvertes en vidant la maison de Madeleine de Lattre, ma grand-mère, après sa mort ? Elles étaient toutes dans une grande enveloppe en kraft. « Jacquot » était inscrit dessus. C'était le surnom de mon père. Madeleine l'appelait ainsi.

Elle les avait soigneusement conservées pour lui.

Mais il ne devait les lire qu'après sa disparition. Pour qu'elle n'ait à répondre à aucune de ses questions.

Ne se justifier de rien.

Ces lettres, mon père n'a pas voulu les lire.

C'est ma mère qui me les donna. Elle essaya de les transcrire pendant un petit moment, avec Henri, le meilleur ami de mon père. Mais elle abandonna assez vite. Un jour elle me tendit l'enveloppe et me dit : « Voilà, fais-en ce que tu veux, c'est ton histoire, elles te reviennent. » Pendant longtemps elles restèrent dans ma bibliothèque. Je les avais dépliées et rangées dans un lutin pour éviter qu'elles ne s'abîment davantage. Elles étaient écrites sur de tout petits bouts de papier, pliées, repliées, certaines presque en lambeaux. Il fallait les manipuler avec douceur. Elles étaient mouvantes comme du papier de soie, prêtes à se déchirer sous les doigts. Difficiles à lire, du moins sans loupe ni scanner, rédigées au crayon, noir ou violet. Les années les avaient par endroits effacées. Il y avait aussi des cartes postales du camp de Drancy, à l'effigie de Pétain, avec le numéro de leur escalier, de leur chambre, etc.

Mais elles étaient là, dans le lutin noir, dans ma bibliothèque, comme une urne sur une cheminée. Un soir, j'ai appelé mon frère. Je lui ai dit que je n'en pouvais plus de ces lettres, qu'il fallait en faire quelque chose, que je n'arrivais plus à vivre avec elles. Que je sentais leur présence dès que je rentrais chez moi. Il m'a demandé pourquoi je ne lui en avais pas parlé plus tôt. Et assuré que nous allions les lire ensemble.

Nous n'avons même pas essayé.

Alors, un jour, j'ai rouvert le lutin et j'ai commencé. J'ai tout scanné. J'ai zoomé sur les mots difficiles à lire et traduit le français balbutiant qui fut celui des parents de mon père. Lentement, j'ai déchiffré chaque lettre, l'une après l'autre. L'histoire intime de mes quatre grands-parents, celle de Pierre et Frieda, de Kogan et Madeleine, m'est apparue. Vivante. Éperdument.

Ces lettres furent la part manquante de l'enfance de mon père. Elles racontent le destin commun qui unit ses parents biologiques, Kogan et Frieda, et ses parents adoptifs, Pierre et Madeleine. Leur correspondance amoureuse et croisée.

En juillet 1941, la police française, sur ordre des Allemands, rafla de nombreux Juifs étrangers en région parisienne. Ismak Kogan, mon grand-père, que tout le monde appelait Kogan, en fit partie. Il fut arrêté chez lui le 17 juillet. On le conduisit à l'abbaye de Dammarie-les-Lys, dont les dépendances servaient à accueillir les « réfugiés de passage » avant leur envoi vers d'autres camps d'internement du Loiret, comme Beaune-la-Rolande ou Pithiviers. À partir d'août, ils furent majoritairement envoyés au camp de Drancy qui venait d'ouvrir ses portes. Kogan, lui, fut transféré à Beaune-la-Rolande, où il resta jusqu'au 20 août.

Pendant trois jours, du 20 au 23 août 1941, il y eut, dans les quartiers est de Paris, de grandes rafles, d'hommes uniquement. Les arrestations furent si nombreuses qu'elles obligèrent le déplacement de certains internés d'un camp à l'autre, principalement vers celui de Drancy qui devint, dès lors, l'antichambre de la déportation. Ce ne fut pas le cas de Kogan. Le 21 août, il arriva à Pithiviers. Il y demeura quatre mois. Il en fut libéré à la toute fin de l'année, le 20 décembre 1941. Est noté sur son certificat de libération : « libéré pour cause de maladie après accord de la Feldkommandantur d'Orléans ». Sans doute la tuberculose, dont il était atteint depuis longtemps.

À l'automne 1941, la police libérait encore les détenus les plus faibles, pour qu'ils aillent mourir en dehors du camp. À l'hôpital ou chez eux. Ce fut sa chance. Il survécut.

Les conditions de survie à Pithiviers en 1941 étaient très difficiles. Les hommes s'entassaient à plus d'une centaine dans des baraquements de 180 m^2. La promiscuité y était abominable. Pas de portes aux toilettes, ni chauffage, ni eau chaude. Les douches, froides, n'étaient autorisées qu'une fois par semaine, et pour quinze hommes seulement. Ils étaient trois mille sept cents. Cet hiver fut vif. Les prisonniers manquaient de couvertures et de manteaux. La nourriture était bien insuffisante.

Ce fut pire encore à partir d'avril 1942, quand les déportations s'intensifièrent et que le capitaine de gendarmerie Luthereau, qui dirigeait alors le camp, fut révoqué. Cet homme permit, durant toute l'année 1941, un va-et-vient entre l'intérieur et l'extérieur. Beaucoup de prisonniers sortaient du camp. Ils aidèrent aux moissons durant l'été ou travaillèrent chez des artisans du village. Luthereau permit également à certaines familles de se retrouver et d'échanger du courrier, et ce malgré les interdictions. Kogan put-il rejoindre sa femme Frieda et mon père quelques heures pendant son internement ? Pierre réussit-il à lui faire parvenir des colis suffisamment copieux pour qu'il n'ait pas trop faim ? des couvertures pour qu'il n'ait pas trop froid ? Je l'espère.

Les convois vers Auschwitz débutèrent en mars 1942, soit trois mois après la libération de mon grand-père. Il s'en fallut de peu.

Son fils lui envoya un petit mot durant son internement. La graphie et les fautes d'orthographe, qui sont celles d'un enfant qui écrit depuis peu de temps, me laissent penser qu'il s'agit bien de cette période. Il avait tout juste sept ans. Jusqu'à son arrivée à Drancy quelques mois plus tard, où tous ses papiers lui furent confisqués, Kogan le garda précieusement. J'aime à l'imaginer dans son portefeuille en cuir noir, que j'ai récupéré à la mort de mon père, et qui possède une poche intérieure, idéale pour y cacher ce petit billet. Après son départ pour Auschwitz, Madeleine le récupéra sans doute avec le reste de ses affaires, et le conserva à son tour, pour que mon père puisse le relire un jour. Elle l'ajouta aux autres lettres dans la grande enveloppe en papier kraft.

« Mon petit papa chéri, lui écrit-il, est que tu é bien la bas ? Est que tu reviendrat bienteaut ? Toute la famille tansbrase de tout son cœur. » Il signe Jacques Kogan. Il n'était pas encore obligé de cacher son nom.

La tendresse de mon père. Il sut la conserver toujours. J'eus avec lui de nombreuses conversations silencieuses dans ses bras. Il me consola de beaucoup de chagrins. Ses étreintes m'ont dit plus que ses mots.

Il me l'a apprise. Je l'exprime avec mes enfants. Il m'est parfois plus facile de les étreindre que de leur parler. Surtout quand j'évoque mon père. Je crains mon émotion. Mes larmes, qui, même après tout ce temps passé sans lui, coulent facilement. Je refuse parfois de leur raconter mes souvenirs avec lui, sur lesquels, pourtant, mes filles me posent régulièrement des questions. Je louvoie, je change de sujet.

Dans ces moments je le comprends. Je lui pardonne son silence.

De retour d'un voyage à Saint-Pétersbourg, mes parents m'avaient rapporté la traditionnelle poupée russe. Je l'adorais. Elle était très grande. Il fallait venir à bout d'au moins quinze poupées pour enfin atteindre la plus petite. Lisse et minuscule comme l'Enfant Jésus de la crèche déposé le soir de Noël.

J'aimais contempler leurs joues roses et laquées, leurs habits chatoyants se répétant de l'une à l'autre. Cela me procurait un léger vertige. Elles étaient identiques. Pourtant, en y regardant de près, chacune était différente. Elles n'avaient pas le même fichu, la même robe ni les mêmes souliers. Les mêmes tresses. Dans chaque poupée, une autre.

Il y a souvent un secret caché dans le secret.

Il en est de même chez nous. Notre secret n'est pas seulement la judéité et la mort de ma famille paternelle en déportation.

Notre secret est aussi l'amour interdit qui exista entre mes quatre grands-parents.

Le sexe entre eux.

Qui balaya toute prudence, toute volonté de fuir, toute résolution de passer en zone libre et de s'y cacher quand il en était encore temps.

Avant d'être arrêtés, mais déjà cachés dans un appartement parisien, Kogan et Frieda avaient demandé à Pierre de Lattre de mettre mon père à l'abri. Ce qui lui sauva la vie. Pourquoi ne le firent-ils pas pour eux-mêmes ? Pourquoi Pierre et Madeleine n'insistèrent-ils pas pour qu'ils fuient ? Leurs lettres ne portent pas de réelle trace d'un projet de départ. Kogan parle bien de partir « en vacances » à Nyons, mais il renonce vite, préférant rester à Paris. Était-il encore envisageable de passer en zone libre après l'été 1942 sans se faire arrêter ? J'en doute, mais à la lecture de leur correspondance, ce que je ressens par-dessus tout, au-delà de leur peur d'être arrêtés, ou de ce qui pouvait alors arriver à mon père, c'est qu'ils voulaient rester ensemble, tous les quatre. Que c'était cela le plus important pour eux. Plus que d'essayer de survivre pour leur enfant et de lui assurer un avenir avec ses parents. Que leur restait-il, terrés à Paris, sans leur fils, privés de tous leurs biens, à part s'accrocher à leur amour, à ce rêve d'un bonheur possible, dans une nouvelle vie, un nouveau couple ?

C'est cette vérité qui empêcha Pierre et Madeleine de parler à mon père après qu'ils l'eurent adopté. Qui les faisait pleurer ou qui leur faisait fuir la discussion quand mon père leur posait des questions à propos de ses parents. Leurs regrets de n'avoir pas su se séparer pour tenter de se retrouver plus tard. Comment auraient-ils pu affronter ses questions quand il aurait découvert cette confusion amoureuse ? Leur responsabilité était trop grande. Ils ne pouvaient que se taire.

J'aime le quartier de Montparnasse. Ce large boulevard où passent trop de voitures et de bus.

J'aime ses cafés surannés que j'ai beaucoup fréquentés durant mes études, y tuant de longues heures en faisant semblant de travailler.

Ses cinémas de mon enfance comme le Bretagne, où j'ai vu *Cyrano de Bergerac* avec mes parents. J'ai tenté, par la suite, de réciter des passages entiers dans ma chambre, éblouie mais meurtrie par ce héros si laid.

J'aime aussi le boulevard de Port-Royal, pourtant assez lugubre, qui longe l'hôpital du Val-de-Grâce et descend jusqu'aux Gobelins. Parfois, en rentrant du restaurant avec mes parents, nous y faisions la course, mon frère et moi, contre la Coccinelle de mon père. Il nous chronométrait et je donnais tout, persuadée d'être rapide comme l'éclair et capable de dépasser la voiture.

Adolescente, j'avais pour QG le Brazza, un tabac sans gloire face à l'église Notre-Dame-des-Champs. Nous nous y retrouvions le samedi après-midi, toujours la même bande de filles, y achetant nos premières cigarettes, y détaillant nos premiers baisers.

Mon père ne voulait pas que j'y mette les pieds, ce qui était une raison supplémentaire pour m'y rendre.

Pourtant, il adorait les cafés. Quand j'eus mon bac, il m'emmena à la Closerie des Lilas manger des quenelles. Nous avons très peu parlé, comme toujours, mais je le sentais heureux et soulagé de me savoir diplômée.

Ensuite, nous avons pris la voiture et roulé dans les rues silencieuses. Il m'a raconté Fitzgerald et Hemingway, conseillé *Paris est une fête* que je n'avais pas encore lu, qui dit tout de ce quartier. Ce fut une belle soirée.

La rue de la Grande-Chaumière, les rues Sainte-Beuve et Jules-Chaplain semblent, aujourd'hui encore, figées dans le temps.

J'aime m'y promener l'été ou tôt le matin, quand les gardiens d'immeubles nettoient leurs parvis, laissant les portes ouvertes, me permettant de regarder ce qui se cache derrière. Il reste de belles cours insoupçonnées. Mon grand-père Kogan y était-il sensible, lorsqu'il découvrit Paris en 1923 ?

Né en 1898, Kogan était originaire d'Ekaterinoslav, actuelle Dnipro, en Ukraine. Il grandit dans une famille pauvre. Il avait huit frères et sœurs. Son père travaillait chez un ébéniste et rapportait le seul salaire de la maison. Très jeune, Kogan sut qu'il voulait devenir peintre. Il dessinait dès qu'il le pouvait, principalement des scènes religieuses, ou de la vie quotidienne, le judaïsme interdisant de représenter la nudité. Ses parents n'avaient pas, évidemment, l'argent nécessaire pour lui permettre de suivre des études d'art, mais, conscients de son talent, ils ne s'opposèrent pas à son départ quand, en 1919, il tenta sa chance aux Beaux-Arts d'Odessa. Il y passa deux années qui scellèrent sa vocation. La guerre civile, qui avait débuté avec la révolution russe de 1917, faisait des ravages. Le climat de violence qui régnait dans le pays et l'antisémitisme, dont il était probablement déjà victime, le poussèrent vers Berlin. Dans les années 1920, la capitale allemande était, après Paris, la plaque tournante des artistes du monde entier. Il y séjourna presque trois ans, étudiant de nouveau aux Beaux-Arts. C'est à Berlin qu'il rencontra Frieda Mandelstam, ma grand-mère.

Frieda et Kogan

Elle venait de Lituanie. Je ne sais rien de son arrivée en Allemagne, ni pourquoi elle s'y trouvait. Rien non plus de leur rencontre. Comment s'est-elle déroulée ? Quel élan les a unis ? Était-ce à une réunion politique, j'imagine communiste, où il aurait échoué par hasard, suivant un copain, par désœuvrement ? Kogan ne croyait en rien si ce n'est aux couleurs. Il détestait Dieu et n'aimait pas les hommes. La politique ne le concernait pas. Frieda bien qu'athée croyait à l'élévation de l'âme, en la capacité de chacun à devenir meilleur. À la nécessité d'être solidaires. Elle croyait au communisme avec force. Assistait à de nombreux meetings, écoutait avec ferveur et prenait la parole avec assurance, persuadée d'avoir trouvé un chemin. Elle appartenait à cette jeunesse juive émancipée. J'imagine qu'elle aima avant tout son talent. Puis sa douceur, sa manière de se retrancher légèrement du monde. Il était aussi calme qu'elle était tumultueuse. Elle était extravertie, parlait fort, riait haut. Il fut séduit par son aisance. Elle possédait un esprit plus pragmatique que lui. Elle était ordonnée et ambitieuse. Elle le serait pour deux.

Il ne remarqua pas, tout d'abord, le caractère changeant de Frieda, ses brusques sautes d'humeur, ses phases d'abandon et de désespoir. Il ne vit qu'une femme passionnée, qui croyait en lui, et saurait prendre leur vie en main. Qui le libérerait des contraintes matérielles qu'impose le quotidien et devant lesquelles il était démuni. Il pourrait se consacrer pleinement à sa peinture.

L'été de leur arrivée en France, en 1923, ils descendirent au Pays basque. Kogan travailla dans un atelier de céramique à Ciboure, près de Saint-Jean-de-Luz. Bien plus tard, il décrira cette expérience à Madeleine. Ce fut l'une des plus heureuses de sa vie (je rétablis l'orthographe) : « Quand tu iras la prochaine fois à Saint-Jean-de-Luz, va jusqu'à Ciboure (c'est comme ça que ça s'écrit si je ne me trompe pas). Là-bas, tu trouveras un atelier de céramiques (à côté de l'endroit où on joue au golf). Si ça existe encore, entre dedans. C'est là-bas qu'en 1923, aussitôt arrivé en France, j'ai travaillé avec quelques camarades la matinée et l'après-midi dans les costumes de bain sur la plage, pendant deux mois. Eh bien maintenant, quand je cherche dans ma vie une période plus ou moins heureuse, ça veut dire loisir, soleil, fête, vacances, ça ne m'est arrivé qu'une fois dans ma vie, à Saint-Jean-de-Luz. »

Lorsque mes grands-parents décidèrent de rejoindre Paris à l'automne, ils avaient pour seules adresses celles des cafés de Montparnasse, comme Soutine celle de la Ruche au fond de sa poche, une décennie avant eux. La Coupole, le Dôme et la Rotonde devinrent leur maison. La plupart des personnes qu'ils rencontrèrent là-bas étaient, comme eux, des immigrés fauchés, des artistes miséreux qui faisaient la plonge dans les cuisines ou troquaient un dessin contre un café-crème. Ils ne possédaient rien, parlaient mal le français, mais n'étaient pas malheureux pour autant. Ils formaient ce que les critiques d'art appelèrent par la suite l'école de Paris, nom donné aux peintres étrangers venus travailler et étudier en France à partir des années 1920. Une grande majorité de ces artistes avaient fui leurs pays d'origine pour échapper aux lois discriminantes dont ils faisaient l'objet. Juifs pour la plupart, ils considéraient Paris comme leur terre d'accueil, même si la réalité quotidienne y restait violente et antisémite.

Face à l'adversité, leur solidarité était forte. Unis par un même sentiment de détresse, financière et intime, ils se serraient les coudes. Ainsi, Kogan retrouva son grand ami Zelman Otchakovsky, un peintre bessarabien (actuelle Moldavie), de sept ans son cadet, qu'il avait rencontré aux Beaux-Arts de Kichinev, et qui était arrivé en France à peu près en même temps que lui. Ils étudiaient tous les deux à l'Académie Ranson et partagèrent un atelier au 11, rue Jules-Chaplain, à cinq minutes à pied de la rue Joseph-Bara où se trouvait ladite académie.

Elle avait été créée en 1909 par le peintre nabi Paul Ranson. Ses illustres confrères, nabis eux aussi, y enseignèrent. Ainsi, Maurice Denis, Félix Vallotton, Édouard Vuillard et Paul Sérusier y furent professeurs.

Zelman Otchakovsky et Kogan s'aimaient comme des frères. Un lien indéfectible les unissait. Ils étaient également proches des familles Teale et Pomiès. Et de deux femmes en particulier, Marguerite Teale et Hélène Pomiès. Toutes les deux françaises, elles soutinrent Zelman et Kogan dès leur arrivée.

Marguerite Teale était plus âgée que Kogan. Elle avait épousé un Bessarabien, Albert Teale, originaire du même village que les Otchakovsky, qui avait émigré en France au début du XXe siècle. Ensemble, ils eurent deux fils : André (dont le second prénom était Voltaire) et Richard. André et Zelman étudièrent ensemble aux Beaux-Arts de Paris.

Hélène Pomiès avait exactement l'âge de mon grand-père. Elle habitait rue de la Gaîté, non loin de l'atelier de Kogan. Sa famille était originale. Elle avait un frère, Georges, de cinq ans son cadet, danseur, chanteur et acteur, qui joua pour Jean Renoir et mourut prématurément en 1933. Sa sœur, Carmen, était footballeuse et championne de lancer de javelot. Les deux sœurs devinrent résistantes pendant la guerre.

Cette petite communauté d'amis ne se quitta pas pendant quinze ans. Ils s'entraidaient le plus possible. Et le rôle de Marguerite Teale et d'Hélène Pomiès ne cessa de croître avec l'arrivée de la guerre.

À l'Académie Ranson, Kogan découvrit les grands maîtres français du XVIe siècle, les impressionnistes du XIXe, se familiarisa avec toutes sortes de techniques picturales, apprivoisa les couleurs et affirma sa palette en tentant de reproduire les bleus flamboyants de Nicolas Poussin.

Mais il découvrit surtout les modèles vivants, les dessins de nus, l'exaltation de la représentation du corps, que, jusqu'alors, il n'avait pas étudiée. Il laissa définitivement derrière lui toute référence aux archétypes juifs que Chagall, par exemple, ne cessa de réinventer d'un tableau à l'autre. Kogan s'orienta vers les paysages, les natures mortes et les portraits, dans la pure tradition de la peinture française. Il était bon coloriste. Ses teintes, plutôt sourdes, se répondaient avec subtilité d'un gris à l'autre, mariaient avec poésie des verts d'automne à des violets de soirs d'été.

Un matin, sur la terrasse du Dôme, il rencontra Mme Zak, bien connue dans le petit monde de Montparnasse et propriétaire de la galerie du même nom, située rue de l'Abbaye, à Saint-Germain-des-Prés. C'était une grande acheteuse des peintres juifs de l'école de Paris, veuve du peintre Eugène Zak qui avait créé cette galerie très peu de temps avant de mourir d'une crise cardiaque à l'âge de quarante et un ans. Sa femme prit sa suite avec audace. Elle se fit connaître en organisant une exposition en solo de Kandinsky. Chagall, Pascin et Modigliani suivirent. Elle vendit le premier tableau de Kogan et ne cessa plus de l'exposer pendant une dizaine d'années, jusqu'au début de la guerre. La galerie et les œuvres qu'elle contenait furent liquidées en 1941. Mme Zak mourut en déportation en 1944. Certaines œuvres de mon grand-père ont probablement disparu à ce moment-là. Elle se trouvait à deux pas des Deux Magots et du Café de Flore, où mon père m'emmena, une fois, à la sortie de l'école, et où mon frère m'invita, après l'obtention de mon bac, pour fêter ma réussite en buvant du champagne dans la chaleur de l'été. Je découvris récemment l'existence de cette galerie, et qu'elle avait été reprise après la guerre, en feuilletant un catalogue qui appartenait à ma mère. Un papier s'en échappa. Daté de 1963, c'était un certificat d'exposition qui attestait, dans cette typographie un peu carrée, typique des machines à écrire de l'époque, que Kogan y avait été longtemps un artiste référencé. C'est mon père, sans doute, qui avait fait des démarches auprès de la galerie pour obtenir un justificatif lui permettant de prouver la spoliation des œuvres de son père par les Allemands. Et qui, chose faite, le rangea au hasard et l'oublia. J'aime cette découverte. Ce papier qui a traversé le temps, passant de livre en livre et réapparaissant, comme par magie, lors de l'écriture de ces pages. J'aime ce chemin que je poursuis, identique à celui de mon père, continuant son travail soixante ans après lui.

Frieda voulait fonder une famille en France et rassembler les siens, ses parents, son frère et ses deux sœurs, restés en Lituanie. Kogan voulait lui aussi vivre en France. Paris était pour eux le centre du monde. Ils formèrent équipe. Ensemble ils purent faire face aux difficultés. À cette langue, difficile, qu'ils maîtrisaient mal. Au manque d'argent. Mais malgré les épreuves, ils furent heureux à Paris les deux premières années de leur vie commune.

Ils se marièrent à Samoëns, en Haute-Savoie, en 1926. Ils étaient dans leur vingtaine. La fin pour lui, il avait vingt-huit ans, le milieu pour elle, elle en avait vingt-quatre.

À cette période, ils séjournaient dans un sanatorium, probablement l'un de ceux de l'Association des villages-sanatoriums qui venaient d'être inaugurés sur le plateau d'Assy, à 1 300 m d'altitude. Kogan y soignait ses poumons, attaqués par la tuberculose, le fléau de l'époque.

Sa santé se dégrada après leur retour et ils durent quitter Paris. Frieda chercha un lieu à la campagne, où l'air serait sain, et assez grand pour accueillir immédiatement sa famille. Ils louèrent une maison au Vaudoué, près de Fontainebleau, qui s'appelait Les Bruyères, où ils ouvrirent une pension de famille. C'est là que naquit mon père, en octobre 1934.

1926, l'année de leur mariage, est aussi celle où ils connurent Pierre de Lattre.

Se rencontrèrent-ils rue Jules-Chaplain ? Pierre s'était installé au numéro 8 et ses fenêtres plongeaient sur l'atelier de Kogan.

Il se voulait peintre et souhaitait, tout comme sa petite sœur Renée, consacrer sa vie à cette occupation. En 1926, il avait dix-huit ans. Malgré son jeune âge, il passait déjà du temps dans les cafés de Montparnasse, ébloui par la présence toute proche de ces artistes qu'il admirait. Il avait dix ans de moins que Kogan et six de moins que Frieda. Il n'avait pas encore besoin de travailler. Plus tard, après la guerre, il deviendrait commerçant, vendeur de vêtements dans le 6e arrondissement de Paris. Mais, à cette époque, la rente de son père lui suffisait.

Les arts faisaient partie de sa vie depuis l'enfance. Son père, Émile de Lattre, aimait la peinture contemporaine et la collectionnait. Originaires de Tourcoing, héritiers d'une fabrique de textile, les parents de Pierre vivaient à Paris dans le très chic 16e arrondissement, et possédaient une résidence secondaire, toute proche du Vaudoué, à Ury. Ce peut aussi être aux Bruyères que Pierre rencontra mes grands-parents. Émile de Lattre, curieux du travail de son voisin, a pu lui rendre visite avec son fils.

Pierre revint seul chez les Kogan, passant de plus en plus de temps là-bas. Il appréciait la gaieté de leur table, la maison toujours pleine de pensionnaires, artistes de l'Est pour la plupart, amis ou confrères de Kogan qui l'invitaient parfois à peindre avec eux. Il aima leur culture si éloignée de la sienne, leur accent, et cette langue qu'il ne comprenait pas, mélange de russe et de yiddish.

Chez eux il se sentit tout de suite le bienvenu. Il pouvait renoncer pour quelques heures à son éducation rigoriste, à sa culture académique et aux bonnes manières. Avec Kogan, ils partaient peindre en pleine nature. Ce dernier le conseillait, lui apprenait à mélanger les couleurs pour en créer de nouvelles, plus personnelles. Ils échangeaient dans un français bancal, se comprenant bien cependant, s'appréciant pudiquement.

Pierre et Frieda

« Tu me resteras pour toute ma vie Pierre, je sens ça et je n'aimerai jamais comme je t'aime. Frieda »

« Tu me resterra pour toute ma vie Pierre, je sens ça et je n'aimerai jamais comme je t'aime. Frieda »

Quand Pierre se rapprocha-t-il de Frieda ? Quand leur amitié devint-elle amoureuse ? Dans une lettre où l'année exacte ne figure pas, mais qui indique la décennie, elle rappelle à Pierre leur rencontre. Son français est hésitant, sa syntaxe difficile. Elle s'améliorera beaucoup au cours des années.

« Milly, le 20 mai 192... Mon chéri, c'est un jour comme aujourd'hui que nous sommes allés pour la première fois à Milly te rappelles-tu ? Et puis nous sommes retournés au Vaudoué, puis nous nous sommes souvent regardés en riant, il y a deux ans déjà de ça. Je reviens à Milly comme après un enterrement, avec tristesse. »

Parmi les photos que je possède d'eux, il y en a une que j'aime particulièrement, qui illustre ce moment. Pierre et Frieda sont assis côte à côte. Elle a les coudes posés sur la table, regarde droit vers l'objectif et rit. Pierre, en retrait, est à sa gauche. Il la regarde de côté, les bras croisés sur la poitrine. Il rit également. Ils sont heureux.

Cette photo dit tout de leur complicité, de leur amour naissant et du secret qui l'accompagne. De la joie de ce secret.

Est-ce à cette période qu'ils ont commencé à s'écrire ?

Je n'ai que les lettres de Frieda, celles de Pierre ont disparu. J'imagine qu'elle devait les jeter après les avoir lues pour que Kogan ne les trouve pas. Ou est-ce Pierre qui les détruisit, refusant que qui que ce soit lise ses mots ?

« *Never complain, never explain* » était son credo. En toutes circonstances il se tenait. Avec mon père surtout. Il l'éleva comme il l'avait été lui-même. Avec raideur, sans effusions. Il ne chercha pas à le comprendre, à l'écouter ou à lui poser des questions. Ça ne se faisait tout simplement pas. Alors lui raconter son amour, interdit, pour sa propre mère, comment aurait-il pu ? Comment aurait-il osé lui avouer leur liaison, qui dura plus de quinze ans, et cette originalité, folle à l'époque, pour un jeune homme de sa condition, de tomber amoureux d'une femme mariée si éloignée de son monde, étrangère et bohème ?

Quand je pense à Pierre, et à son amour pour Frieda, me viennent toujours à l'esprit ces vers d'Aragon :

J'ai pris la main d'une éphémère
Qui m'a suivi dans ma maison
Elle avait des yeux d'outremer

Elle en montrait la déraison.
Elle avait la marche légère
Et de longues jambes de faon,
J'aimais déjà les étrangères
Quand j'étais un petit enfant !

Qu'aurait compris mon père de leur passion ? Comment aurait-il réagi ?

Après tout, cet amour appartenait à Pierre. Rien ne l'obligeait à le rendre public, ni même à en parler à mon père. Il lui légua les lettres de sa mère. Elles suffisent à comprendre leur lien. Les lettres de Frieda, celles d'avant la guerre, sont, pour la plupart, mélancoliques et tristes. Elle se languit de lui et attend son retour quand il s'absente de Paris ou qu'il fait son service militaire. Elle se plaint du monde tumultueux de la pension de famille, du trop-plein de visages et de bruits. De ce brouhaha permanent qui l'entoure, du soin qu'elle doit prendre de ses parents, de ses amis, de ses clients. Seul Pierre la comprend et l'écoute. Lui seul la devine, sait sa fragilité.

Elle s'adresse à lui comme à un très jeune homme, presque comme à un enfant. Elle aime le contempler endormi. « Je sens pour toi des choses que je n'expliquerai pas dans une lettre, mais je veux te dire que je suis très malheureuse, et que je t'aime, plus que je croyais », lui écrit-elle. Avant d'ajouter : « Comment voir ta chère petite tête, mon bébé chéri, mon petit Pierre, ma vie est attachée à la tienne pour toujours, et je sens le vide de tous les jours sans toi. »

Dans une autre lettre non datée, probablement de 1928 ou 1929, elle lui écrit ces mots qui expriment bien son désarroi : « Maintenant on joue et on danse comme tous les soirs et ça me fait si mal mon petit chéri, de te sentir si loin de moi, si tu savais ta présence me suit partout, je respire souvent l'odeur de la chemise bleue qui est encore en même place. Je me sens si malheureuse dans cette maison où il n'y a que du bruit, et un travail si dur. Cette vie sans espoir et sans joie, si on m'enlève la seule chose, c'est-à-dire de penser à toi, que ferai-je ? Mais penser rien que de penser c'est si triste, et ça fait si mal. »

Il lui conseille des livres. Elle dévore *Anna Karénine*, s'identifie totalement à l'héroïne. « Je lis Anna Karenina et je tremble tout le temps. Je suis dans une vraie angoisse en lisant ça. » Elle se sent aussi emprisonnée et contrainte. Pierre sera son Vronski, son grand projet. *Anna Karénine* était le livre préféré de Pierre. L'édition qu'il possédait était en deux tomes. Dans un tout petit format que même les livres de poche ne reproduisent pas aujourd'hui. Ses exemplaires sont chez moi. Leurs couvertures sont pastel. Le titre et la tomaison sont écrits dans une typo maniérée, qui ressemble à celle utilisée pour un faire-part de mariage, sage et fleur bleue, très loin de la puissance qui anime leurs pages.

Frieda lui dit tout. Elle évoque son caractère changeant, le sentiment de solitude qui ne la quitte jamais. Sa mélancolie. Que les absences de Pierre ne font qu'aggraver.

« Voilà, lui écrit-elle, ma vie si heureuse est finie, pour longtemps peut-être, je ne sais pas comment je vivrai sans toi, je te porte toujours dans mon cœur, je ne fais presque rien sans penser à toi, mais j'ai le cœur déchiré. Tous les soirs il me semble te voir, rentrant avec ta veste bleue, avec tes toiles, mais ce n'est pas vrai, je sens que je suis seule, toute seule. »

Même son bonheur la torture.

Les années passent et leur amour dure. Il devient cependant tumultueux, plus sombre. Ils se disputent fréquemment. Frieda reproche à Pierre sa jalousie quand celui-ci reproche à Frieda son inconstance, son besoin de plaire à d'autres hommes que lui. « Tu parles d'un ton blessant, mon Dieu, ce n'est pas comme ça que tu devrais parler avec moi. Si je n'ai pas envie de t'embrasser, ça ne veut pas dire que j'ai envie d'embrasser un autre. Tu me demandes toujours de prouver mon amitié, tu viens toujours comme avec un couteau sur la gorge : raconte : dis ! »

Mais ils semblent n'avoir jamais rompu. Même au moment de la grossesse de Frieda et de la naissance de mon père. En avril 1934, elle est enceinte de trois mois quand elle écrit ces mots à Pierre : « Viens donc demain. Je serai si heureuse de te voir. J'ai le cœur gros, je ne pense qu'à toi Pierrot, je n'ai que toi. » Dans ses lettres elle parle de Kogan souvent, de ses sœurs parfois. De son fils, jamais. Sans doute parce que la plupart de celles que je possède auront été écrites avant sa naissance. C'est une supposition puisqu'elles ne sont pas datées.

Peut-être aussi parce que mon père n'était pas le centre de son univers. Que seul Pierre l'était. Il m'est difficile d'écrire cela. D'imaginer, avec l'importance qu'ont mes filles dans ma vie, et plus généralement avec la place centrale que prennent les enfants dans notre société, qu'au moment de la naissance de mon père il pouvait en être autrement pour une mère.

Une seule lettre date explicitement de la guerre. Elle est probablement de 1940. En tout cas d'avant juillet 1941 et l'internement de Kogan à Pithiviers. Frieda est inquiète. Pierre semble loin. Elle lui fait part de ses angoisses devant la menace qu'elle sent se rapprocher. Elle cherche des solutions pour les mettre en sécurité, les faire passer en zone libre, chez des amis ou des amis d'amis. « Le cauchemar dans lequel on vit est incroyable. J'ai écrit à Zelman pour avoir l'adresse de Simone qui est à Aurillac il me semble, peut-être pourra-t-il trouver un logement ? Sinon Haya a une amie dont les parents sont fermiers dans les Pyrénées. Je voudrais qu'ils partent le plus vite possible, je serai plus tranquille. » Mais la vie doit continuer. Surtout aux Bruyères qui ne désemplissent pas. Le travail est dur. « Il y a une vingtaine de clients, lui écrit-elle, maman est fatiguée, et je suis occupée avec la cuisine et pas beaucoup de temps à penser. Mais j'ai tout le temps le cœur malade comme dans ma jeunesse car maintenant j'ai le poids de ma famille. Quelle tristesse de ne plus pouvoir nous voir. Mais j'espère malgré tout. »

Ses ressources financières sont de plus en plus faibles, ce qui, en plus du travail quotidien qu'elle doit abattre, l'immobilise au Vaudoué et l'empêche de retrouver Pierre à Paris. « Je voudrais bien te voir, mais c'est toujours le sacré argent », lui avoue-t-elle, avant d'ajouter : « Merci Pierrot chéri pour tous tes soins envers nous. Je sais que je n'aurai jamais un ami aussi bon et fidèle. »

Pierre fut son confident pendant dix ans. Il devint, avec la guerre, son unique soutien. Amoureux, amical et financier.

Sans les mandats qu'il lui envoyait régulièrement, la pension n'aurait pas pu rester ouverte. Et Frieda n'aurait plus été en mesure de nourrir sa famille.

La famille de Frieda, les Mandelstam, est lituanienne. Elle émigra en France à la fin des années 1920, peu de temps après que Frieda et Kogan s'étaient installés aux Bruyères. Tous, les parents, le frère et les sœurs de Frieda, y vécurent, plus ou moins longtemps, de quelques mois à une décennie. Ils étaient six. Les parents, Movcha et Elka, et leurs quatre enfants : Frieda, Haya, Georges et Eva. Trois filles et un garçon. Les enfants se suivent à deux années d'intervalle, excepté Eva, la petite dernière, qui arriva six ans après son frère.

Mis à part Georges, dont je n'ai pas retrouvé de portrait, j'ai plusieurs photos des sœurs Mandelstam et de leurs parents au Vaudoué. J'imagine qu'elles ont été prises entre 1926 et 1936. Elles ne sont pas datées. Mais 1926 est l'année de l'ouverture des Bruyères, la pension de famille de Kogan et Frieda. Elle marque également l'arrivée de mes arrière-grands-parents en France. Sur l'un des clichés, qui à mon avis a été pris cette année-là, ils apparaissent tous réunis, serrés les uns contre les autres, bien droits devant l'objectif, souriants. Ils semblent heureux d'être ensemble. Frieda est au centre, devant, entre ses parents, qu'elle agrippe fermement par le bras. Kogan est campé derrière elle, à côté de ses belles-sœurs Haya, à sa gauche, qu'il tient par l'épaule, comme une amie, et Eva, la benjamine, à sa droite, qui pose un peu, le regard légèrement absent.

Le visage d'Elka, la mère, est sévère. Elle ne sourit pas. Elle fixe l'objectif avec une certaine défiance, et n'affiche aucune gaieté. Je ne lui connais pas d'autre expression. Sa tenue est sombre. Elle détonne avec le grand soleil de ce jour-là et les tenues, claires, de ses filles. Sur toutes les photos que je possède, elle est assise. J'imagine qu'elle marchait mal. Ses jambes sont gonflées, semblent remplies d'eau, comme peuvent l'être celles de vieilles personnes.

Frieda est l'aînée de la fratrie. Elle n'est pas spécialement jolie, un peu massive, surtout sur les photos prises après la naissance de mon père. La grossesse l'a empâtée. Sa taille a disparu. D'année en année sa coiffure, elle, est inchangée. Ses cheveux sont châtains, bien peignés en un carré parfait coupé juste en dessous de l'oreille. Elle porte des petites lunettes rondes, très caractéristiques des années 1930, qui lui donnent un air de maîtresse d'école. Son regard est intelligent, décidé, et sa bouche esquisse souvent un demi-sourire, comme si elle réprimait une moquerie. Elle est à l'aise devant l'objectif, les coudes posés sur la table, ou légèrement relâchée sur sa chaise. Sur ces clichés, pris aux Bruyères, elle est chez elle et ça se sent. C'était la maîtresse de maison. Tant de personnes dépendent d'elle. Son caractère ombrageux, pourtant, gâche souvent son rapport aux autres. Avec son frère notamment, qui déserte vite les lieux et s'installe à Paris, dans le 8e arrondissement, où il devient mécanicien, indépendant financièrement, loin des cris de sa sœur.

Haya, la cadette, est plus proche de Frieda. Elle sait lui parler, la calmer quand elle s'emporte. Elle reconnaît la tendresse bourrue de sa sœur, sa générosité derrière ses colères. Elles ont eu leurs enfants la même année, en France, en 1934, l'une en avril et l'autre en octobre, ce qui les a rapprochées. Les deux petits, mon père, Jacques, et sa cousine Esther, sont inséparables, élevés comme des jumeaux durant les six premières années de leur vie.

Haya est proche de son beau-frère Kogan, avec lequel elle partage une certaine vision du monde, plus douce, moins concrète que celle de sa sœur. Kogan lui raconte tout. Notamment la fragilité de son couple, les disputes, fréquentes et destructrices entre eux, qui le laissent chancelant. Sa correspondance le dévoile toujours plus éloigné de sa femme. Il ne la reconnaît pas dans ce tyran domestique qu'elle devient parfois, si différent de l'idéaliste qu'elle était quand ils se sont rencontrés, passionnée de politique et de justice sociale. Elle organise encore quelques réunions chez eux, mais la fréquence en diminue. Kogan voit bien qu'elle s'y intéresse moins. Que sa tête est ailleurs, encombrée par une grande quantité de soucis matériels. C'est Frieda qui organise la vie de la maison. Elle qui décide des repas, qui choisit les chambres des pensionnaires et gère les comptes. Toutes les dépenses passent par elle. Sa force de travail est impressionnante. Exigeante avec elle-même, elle s'oblige à lire tous les jours les romans que Pierre lui conseille pour progresser. Elle n'a qu'un souhait : s'assimiler au plus vite, se fondre dans ce pays qu'elle et Kogan ont choisi. Elle ne veut pas être pointée du doigt comme l'éternelle étrangère. Alors elle lit et apprend vite. Et elle subvient aux besoins de toute sa famille. Sa charge est immense. Les affaires doivent tourner. C'est elle aussi qui décide d'agrandir la pension pour augmenter la clientèle. Le couple s'endette et achète une dépendance, attenante à la maison. Le travail croît encore et Kogan l'aide peu. Lorsque son état de santé lui permet de se lever, ses crises de tuberculose étant de plus en plus rapprochées, il sort peindre dans la campagne. Et lorsqu'il se sent trop faible, il continue depuis son lit, dessinant ce qu'il voit de sa fenêtre, les toits ou l'église du village. Mais après l'achat de l'annexe, c'est lui qui refait, avec l'aide du père d'Esther, l'enduit des chambres. Ils choisissent un papier peint fleuri, bon marché mais élégant, qui rehausse à merveille les murs de la maison.

Frieda est parfois traversée de moments de gaieté. Elle se met alors à chanter, le plus souvent avec Movcha, son père, qui a une jolie voix, et entraîne mon père et Esther dans des ballets qui remplissent la maison de joie. Les Bruyères sortent de l'ombre et la tension qui habite Frieda la déserte. Surtout lorsque Pierre est là. Ils sont inséparables. Quand elle rit, sa lèvre supérieure découvre sa gencive du haut, ce qui lui donne un charme inattendu. J'aime ce détail. Ma seconde fille fait de même.

Movcha Mandelstam, mon arrière-grand-père.

C'était un homme souriant. Il avait les yeux bleu-gris, dont mon père hérita, et une grosse moustache blanche bien entretenue. Ses cheveux sont coupés court. Il lui en manque beaucoup sur le sommet du crâne. Parfois, ils sont cachés par un béret. Sans doute pour se protéger du froid. La maison est mal chauffée, le charbon et le bois coûtent cher, et l'hiver peut être glacial, près de Fontainebleau. Il porte de grosses vestes en toile qui ressemblent aux vestes de charpentier que mon père affectionnait. Il m'en offrit une, noire, pour mes seize ans. Je la déchirai sur une barrière aiguisée en faisant le mur, un soir, en pension.

Sur l'une des photos où Movcha apparaît seul, en gros plan, je le découvre lisant un journal en yiddish. Il le tient très près de son visage, ce qui me laisse penser qu'il était myope, et coquet, puisqu'il ne porte pas de lunettes.

Il se faisait aussi appeler David. Plus simple à retenir pour certaines oreilles non aguerries à ces consonances étrangères.

J'ai quelques photos de Movcha avec Esther et mon père, ses petits-enfants. Elles sont assez posées. Mais il y en a une que j'aime particulièrement. Plus naturelle que les autres. Esther et mon père l'entourent. Ils ont quatre ou cinq ans, et se tiennent sur un genou de leur grand-père – un pour chacun –, jambes nues, potelées, en habits blancs, côte à côte, de profil. Il sourit. Ses grosses mains couvrent pratiquement toute la largeur de leurs petits torses.

Mon père a hérité de ses mains, larges et puissantes.

Grâce à cette photo, l'image que je me fais de lui est gaie.

Dans une lettre écrite durant l'été 1942, Kogan raconte une anecdote sur son beau-père. Lors d'un déjeuner de famille, Movcha, qui adorait les sardines, les mangea toutes. Comme Kogan s'étonnait qu'il n'en ait laissé aucune, lui faisant remarquer qu'il n'était pas le seul à les aimer, Movcha secoua la tête et lui fit cette réponse sans appel : « Oui, mais personne ne les aime comme moi. »

J'adore cette réponse. La part d'enfance qu'elle dévoile de cet homme. Sa capacité à jouir de l'instant, à saisir les minuscules cadeaux de la vie.

Je l'aime pour cette gourmandise. Comme un gamin un lundi de Pâques qui sourit, la bouche pleine de chocolat. Qui sait qu'il aura une crise de foie. Mais que celle-ci valait bien ce délice.

Movcha était né dans la seconde moitié du XIXe siècle, en 1869.

Durant son enfance et sa jeunesse, en Lituanie, il connut sans doute pogroms et sévices. En arrivant en France pour y retrouver ses enfants, et habiter chez sa fille aînée devenue propriétaire, il espéra. Il se crut à l'abri. Même juif, même étranger. Il imagina que dans ce pays il aurait des droits et pourrait prétendre à une fin de vie paisible.

Quand, en France, en octobre 1940, débuta le recensement des Juifs, il comprit que tout recommençait. Que par ces nouvelles lois qui leur étaient imposées, l'étau, tôt ou tard, se refermerait sur lui et sur les siens, les obligeant, au mieux, à fuir. Il était vieux. Il abandonna. Il renonça à sa femme, à ses enfants et à ses rêves de famille réunie jusqu'à la fin de sa vie. Le 10 décembre 1940, il prit une hache et se suicida. Il est enterré au cimetière du Vaudoué dans le minuscule carré juif. Clairvoyant, lui au moins aura eu une tombe.

C'est elle que mon père recherchait quand il nous emmena au Vaudoué pour la première fois, l'année de mes treize ans, et devant laquelle il s'arrêta sans explication. Elle qui sema dans mon esprit une confusion de morts terrible, provoquant sa colère et mon immense culpabilité.

Je croyais découvrir la tombe de mes grands-parents, quand il s'agissait de celle de mon arrière-grand-père. Mais comment aurais-je pu deviner ?

Mon père n'avait, jusqu'alors, jamais évoqué cet homme devant moi. Aurais-je dû comprendre sans savoir ? Ce n'est que plus tard que je fis le lien entre cette tombe abandonnée et ce grand-père débonnaire qui tient ses petits-enfants dans ses bras. À la fin de mon adolescence, dans notre luxueux salon de la rue du Val-de-Grâce, mon père évoqua ce suicide à la hache, projetant en moi mille images sanglantes.

Je me souviens de son regard perçant qui ne me lâchait pas tandis qu'il racontait cela, de son calme apparent, les mains à plat sur ses cuisses, le corps légèrement penché en avant, et de cette question, immédiate, que je me posai, et qui ne me lâcherait plus ensuite : comment réussit-il à se donner la mort avec un tel outil ?

Un soir d'été, lors d'un dîner chez une amie, j'engageai la conversation avec un homme que j'avais déjà croisé chez elle à plusieurs reprises, mais sans lui parler vraiment. Il m'intrigua ce soir-là parce qu'il portait, malgré la chaleur, un col roulé noir. Il travaillait aux archives nationales de la police. Je lui demandai si je pouvais, par son intermédiaire, y avoir accès. Je lui expliquai que cela me permettrait peut-être de découvrir s'il existait d'autres documents consultables sur mes grands-parents. Il nota leurs noms et me dit qu'il se renseignerait. Mais il ajouta d'une voix douce, comme pour me ménager, qu'il fallait que je me prépare à ne rien trouver, ou si peu. Que je ne reconstituerais jamais l'entière vérité quant à ce qui s'était passé, et que celle-ci m'apparaîtrait toujours, malgré toutes mes recherches, telle une photo floue, une de celles qui étaient barrées d'un « non facturé » quand, à la fin des vacances, on faisait encore développer des photos argentiques.

J'aimais ces photos ratées, dont on ne saisissait pas les détails et qui ressemblaient à un paysage de Turner, tout en estompe et délicatesse. Qui toujours nous échappe.

L'homme ne m'a pas rappelée. Mais j'ai tout de même eu accès aux archives.

J'y suis allée un matin. Après que j'eus donné les noms et dates de naissance de mes aïeux, une femme me fit patienter dans une petite pièce encombrée de tables et de chaises qui ressemblait à un parloir. Elle revint, portant un très mince dossier.

« Il n'y a pas grand-chose », me dit-elle, s'excusant presque, en le déposant sur la table.

Elle me laissa seule.

Je fis glisser le dossier vers moi. Sa couverture était bleue, sa texture légèrement rêche, comme un buvard.

Dessus étaient inscrits, à l'encre noire et en majuscules, le nom et le prénom de mon arrière-grand-mère, Elka Mandelstam. Je fus surprise. Je m'attendais à trouver des renseignements sur mes grands-parents, mais pas sur elle.

Le fichier ne contenait qu'une seule page. Il indiquait qu'Elka Mandelstam avait été inscrite au « Carnet B » en 1940. Cet instrument de surveillance permit à l'État français, dès la fin du XIXe siècle, de surveiller tous les étrangers jugés comme potentiellement dangereux, que ce soit par leurs actes, leurs discours, leurs écrits, ou leur propagande.

Quel rapport avec elle ? Elle n'était qu'une vieille femme, veuve, parlant mal le français et dépendant de sa fille.

C'est plus tard que je compris pourquoi, en lisant le procès-verbal de la première arrestation de Kogan le 17 juillet 1941.

Il y est notifié, dans le phrasé neutre et haché de l'administration, qu'il était lui aussi fiché au Carnet B. « Attitude non suspecte. Était inscrit au Carnet B en raison de l'affluence d'étrangers dans son établissement pendant la guerre. »

Elka, bien que réfugiée dans un appartement à Paris, vivait la plupart du temps aux Bruyères, au Vaudoué, avec sa fille et son gendre. L'apparition de son nom au Carnet B n'est qu'un dommage collatéral.

Quelques semaines plus tard, je suis allée au Mémorial de la Shoah consulter le Fichier juif qui, dès le mois d'octobre 1940, permit à l'administration allemande de recenser les Juifs français et étrangers de toute la zone nord, dont Paris et l'Île-de-France. Il fut essentiel à la bonne marche de la déportation des Juifs de France.

Kogan, en chef de famille, se rendit à la préfecture de police de Melun pour s'y déclarer. Il donna, en plus de la sienne, l'identité de sa femme et celle de son fils. Il précisa leur adresse au Vaudoué ainsi que sa profession.

Mon arrière-grand-mère Elka, veuve de son mari suicidé depuis seulement quelques semaines, était domiciliée avec Eva, la plus jeune de ses filles, à Paris, dans le 9e arrondissement, 68, rue Blanche.

Elle se rendit à la préfecture de police de Paris. Elle y donna leurs deux identités.

Ce jour-là, la mention « Juif » fut tamponnée à l'encre rouge sur l'ensemble de leurs papiers.

Je sais peu de son fils Georges, le mécanicien. J'avais découvert son existence en lisant les lettres que Frieda envoya de Drancy à Pierre où elle parlait brièvement de lui, alors que je pensais que ma grand-mère n'avait que deux sœurs. Il survécut, caché dans les Pyrénées pendant toute la guerre. Il était marié à une certaine Sonia dont Frieda semblait se méfier. Dans l'une de ses lettres, elle conjure Pierre de ne pas laisser mon père sous la responsabilité de cette femme ni de sa sœur cadette. « Je ne voudrais pas qu'il tombe dans les mains d'Haya ou Sonia, en qui j'ai confiance c'est toi. » Après la guerre, Georges revint à Paris. Sa dernière adresse connue, celle du faire-part de son décès en 1963, est rue Notre-Dame-des-Champs, au numéro 119. Je suis passée devant sans le savoir pendant la plus grande partie de ma scolarité. Mon père, quand il sortait boire un verre à la Closerie des Lilas, pensait-il parfois à cet oncle oublié ?

Haya et son mari Albert gagnèrent la zone libre avec Esther, leur fille, et se cachèrent près de Tarbes.

De retour à Paris en 1945, Esther et sa mère vinrent habiter chez Pierre de Lattre, rue Bruller. Mon père et sa cousine, âgés maintenant de dix ans, devaient ainsi se retrouver, comme du temps de leur enfance au Vaudoué. Que se passa-t-il alors ?

Leur cohabitation dura un an, et, à l'issue de cette année, Esther sortit de la vie de mon père. Elle ne le revit jamais, excepté une seule fois, jeune adulte, en 1955. Avant de partir vivre en Israël avec son mari, elle vint déjeuner rue Bruller. À la fin de cet étrange repas, Pierre demanda à mon père de la raccompagner chez elle. Durant tout le trajet, me rapporta-t-elle bien plus tard, il ne lui dit pas un mot, refusant même de se tourner vers elle quand elle lui parlait. Il avait choisi. Elle n'existait plus pour lui. Toute sa vie d'avant, celle des Kogan et des Mandelstam, avait cessé d'être. Ce fut le prix à payer pour sa propre survie.

Kogan et Madeleine

« Je me sentais toujours mieux pendant le temps gris. C'était mon temps à moi. Les jours de la splendeur du soleil soulignaient toujours l'incomplet de ma vie. Mais maintenant, avec toi, tu me rendras la vie. K. »

« Je me senti toujour mieux pendent le temps gris ca etai mon temps a moi, les jour de la splandere du soleille faisai toujour soulignie l'incomplet de ma vie. Mais mentenant avec toi tu me rendra la vie. K. »

Il fut son unique amour.

J'ai du mal à imaginer cette histoire si brève, d'à peine six mois.

Sur le petit calendrier de 1942 que Madeleine a conservé, où seuls figurent ses rendez-vous avec Kogan et les dates des lettres qu'elle a reçues de lui, le jeudi 14 mai est marqué d'un trait épais, surligné au crayon bleu. Elle a écrit, au-dessus, de sa fine écriture : « Kogan, vu première fois. » C'est un calendrier publicitaire pour une marque de chocolat disparue dans les années 1950. Il est tout petit, marron clair, tenant sans difficulté dans ma main. Il est légèrement duveteux sous les doigts. Minuscule livre, composé de six pages, deux mois par page, recto verso.

De la douceur, donc. Et une explosion. Celle de leur rencontre. Qui sans la guerre n'aurait jamais eu lieu.

Elle n'était plus si jeune, déjà. Presque trente-trois ans. Fervente catholique. Et sans doute vierge.

Avant lui, elle n'avait ouvert son cœur qu'à un prêtre.

J'ai retrouvé les lettres qu'elle avait écrites à cet homme. Elles sont touchantes. Par leur retenue, leur naïveté mêlée d'absolu.

Par l'amour de Dieu dont elles débordent. Leur grande soif de réponses spirituelles. Et par leur ignorance totale de l'amour physique et du plaisir charnel.

Kogan a tout emporté de ce béguin passé.

Qu'a signifié pour elle, si croyante, d'aimer un homme marié ?

Un étranger qui maîtrisait mal le français ?

Un Juif en danger de mort ?

Un fugitif si loin de son univers ?

Ils n'ont pas pu se croiser par hasard. Ils n'avaient rien en commun. Et le temps, pour lui, n'était pas à la bagatelle. Caché chez sa belle-mère rue Blanche depuis qu'il avait fui Le Vaudoué où il risquait à tout moment d'être arrêté, je l'imagine mal, dans ce Paris plein d'Allemands, aborder une jeune fille qu'il ne connaissait pas. Et elle, si bien élevée, tout en retenue, préceptrice dans une famille de riches bourgeois industriels de Roubaix, n'a certainement pas adressé la parole à un homme seul dans la rue sans raison. Qui les avait mis en contact ?

Probablement Odette Labaume, une grande amie de Madeleine rencontrée pendant leurs études de lettres et qui avait épousé en 1939 le peintre Zelman Otchakovsky à qui Kogan était très attaché. Odette Labaume était professeur de français. Originaire de la région de Nyons où sa famille possédait une maison. Mais tout comme Kogan, comme son mari Zelman qui mourut de ce mal en 1944, elle était tuberculeuse. C'est dans l'un des sanatoriums du plateau d'Assy, en 1932, qu'elle avait rencontré son futur époux. Ces centres de soins avaient été construits à la fin des années 1920 par de riches Américains, très religieux, qui, avec de nombreux prêtres présents sur place, répandaient la parole divine auprès des pensionnaires malades. Certains d'entre eux, taraudés par la dangerosité de la maladie et l'imminence de la mort, étaient à la recherche de réponses spirituelles et trouvaient en Dieu un possible chemin. Odette était pieuse. Tout comme Madeleine qui, à l'époque, s'appelait Mlle Livet.

Ils se sont rencontrés à la sortie Villiers, direct en métro de chez Madeleine qui vivait rue du Général-Appert, dans le 16e arrondissement.

Odette a pu, par exemple, demander à son amie de récupérer un paquet pour elle. Nous sommes le 14 mai 1942, jour de l'Ascension. Kogan lui tend le paquet qu'elle est venue chercher. Elle remarque son visage anguleux, ses pommettes hautes et son accent. Ils n'échangent que peu de mots, pourtant. Elle le regarde. Il choisit de sourire. Elle aussi. Elle est gironde, petite. Les cheveux bruns, lourds et longs, toujours attachés. Elle affectionne les robes droites, coupées juste en dessous du genou, ce qui ne met pas ses jambes en valeur. Aux beaux jours elle les porte blanches, avec un fichu sur la tête pour maintenir son chignon. Elle ne changera jamais de coiffure ni de tenue. Hormis son âge et sa silhouette qui se voûta avec les années, la femme de mon enfance était la même que celle qui rencontra Kogan. Elle avait de petits pieds et aimait les chaussures à bouts ronds et à talons carrés, tellement à la mode aujourd'hui. Elle en avait de toutes les nuances, du bleu au noir verni que j'aimais particulièrement. Je ne sais pas ce que sont devenus ses vêtements après sa mort. Contrairement à ceux de Pierre, il ne nous en reste aucun.

Ainsi qu'elle l'a noté sur son petit calendrier, elle revoit Kogan six jours plus tard, le 20 mai 1942, là aussi, j'imagine, à la demande d'Odette. Cette fois rue Blanche, vers midi, dans l'appartement où vivent mon arrière-grand-mère Elka et sa benjamine Eva. Puis le lendemain encore. L'amie devient un prétexte à leurs rencontres. Très vite ils s'aiment et se voient autant que possible, un peu partout dans Paris, dans le 9e ou dans le 16e arrondissement.

Kogan rentre tout de même un week-end au Vaudoué. Elle l'accompagne. Sa femme et mon père y vivent-ils toujours ? Frieda comprend-elle ce qui débute entre eux ? Madeleine le voit une dernière fois le 6 juillet avant de partir pour Biarritz où, employée comme gouvernante, elle doit accompagner ses patrons pour l'été. Ils ont loué une belle villa sur les hauteurs de la ville. Elle reçoit la première lettre de Kogan le 9. Il lui en écrira trente-cinq en trois mois.

Ces lettres d'amour sont magnifiques. Banales aussi, comme le sont les mots d'une liaison débutante. Pleins d'espérance et de promesses. Ce sont les premières lettres qu'il écrit en français, laissant jusqu'à présent Frieda rédiger son courrier à sa place. « Je n'ai jamais écrit des lettres en français », lui confie-t-il dans sa deuxième lettre, postée le 13 juillet. « Mais j'apprendrai, et vite, pour toi. J'ai tellement des choses à te dire mais sans savoir écrire c'est difficile. »

Ils imaginent une vie à deux possible. Un nouveau départ. Une petite maison. « Pense à notre petite maison dans le soleil, avec du ciel bleu, un bel arbre, des fleurs, de l'herbe, la mer dans le lointain », lui écrit-elle dans sa troisième lettre.

Ils croient en leur chance, malgré la guerre, malgré le mariage et la pauvreté de Kogan. « Ça ne te fait pas peur ? as-tu du courage pour affronter une vie pleine des soucis de toutes sortes ? » lui demande-t-il. « Car tu n'as pas affaire avec un type normal, mais un métèque et quel métèque ? Métèque entre les métèques, d'une santé médiocre et par-dessus le marché, et c'est le pire, peintre ou qui se croit peintre. Ça veut dire quelqu'un qui vit à la marge des autres, autrement dit un parasite ou un maquereau. »

Elle n'hésite pas une seconde.

Il refuse très vite que Madeleine lui parle d'autre chose que de leur amour. « Ne m'écris rien de la guerre », lui enjoint-il quand elle évoque un hypothétique traité de paix entre les Allemands et les Russes.

Il n'est question que d'eux, de leur avenir. « J'ai besoin que de toi, je t'aime et je t'aimerai toujours. Quand la tempête passera et après ce désastre toi et moi nous resterons en vie, rien ne nous empêchera de nous réunir et de vivre ensemble. »

La réalité les rattrape cependant. La peur pointe : « Tu dois être au courant de ce qui se passe maintenant », lui écrit-il bientôt, faisant certainement allusion à la rafle du Vél'd'Hiv qui a eu lieu à Paris les 16 et 17 juillet 1942 et qui conduisit à l'arrestation de plus de treize mille Juifs, dont un tiers d'enfants. « Je suis malade, je suis épouvanté, je ne peux pas travailler, ô les peuples civilisés ! J'ai envie de hurler, de crier. » À la fin de cette même lettre il ajoute : « L'enveloppe de ta dernière lettre était décachetée et recollée par une bande de papier gommé. C'est peut-être toi qui as fait ça ? » Kogan est terrifié. Il ne quitte plus l'appartement de la rue Blanche. Il craint que son courrier ne soit surveillé. Il écrit à Madeleine qu'il est souffrant et qu'il envisage de partir se reposer à Nyons, chez Odette Labaume. Ce repos à Nyons n'est en fait qu'un prétexte pour dévier l'attention de la police si elle devait lire leurs lettres. Et ce prétendu voyage, une manière de dire à Madeleine qu'il projette de rejoindre Zelman en zone libre. Il veut lui faire prendre conscience du danger dans lequel il se trouve et de la peur qu'il a de se faire arrêter. Mais elle ne comprend pas tout d'abord, s'inquiétant sincèrement pour sa santé, ce qui l'énerve : « Je t'écris quelques mots seulement pour te dire que je n'ai jamais été malade, que tu as mal compris. Prends les lettres, relis-les, et tu verras que si elles s'ouvrent et que ça n'est pas toi qui les as recollées, c'est que c'est quelqu'un d'autre. » Et de conclure, sèchement : « Je t'ai déjà demandé de ne m'écrire rien que sur toi et moi, pas des autres choses. Comment puis-je t'expliquer mieux ? » Elle finit par comprendre, ne lui parle plus que d'eux et de son bronzage d'été qui progresse.

Frieda découvre leur liaison. « Frieda l'a [la lettre] découverte elle m'a demandé ce que c'était et je lui ai tout dit. » Il culpabilise. « Frieda quand elle est hostile je me sens mieux mais quand elle est gentille et triste mon cœur me crève un peu », avoue-t-il à Madeleine. Il repense à tout ce qu'ils ont traversé, ensemble, depuis leur arrivée en France. Toutes ces épreuves. À ce qu'ils ont construit tous les deux, cette nouvelle vie. À la force de Frieda, son énergie, sa ténacité. Et il pense à mon père bien sûr. À cette famille qu'ils cesseront d'être. Mais leur couple est mort.

Pierre et Frieda s'aimèrent pendant presque quinze ans. Comment Kogan aurait-il pu l'ignorer, malgré le vouvoiement de façade que les amants s'entêtent à utiliser devant lui et qu'ils abandonnent dans leurs lettres ?

« Ma séparation avec Frieda est une chose décidée depuis très longtemps », annonce-t-il à Madeleine dans sa onzième lettre. « Donc il n'y a pas à avoir de scrupules. J'ai eu la chance de tomber sur toi.

N'importe comment nous ne serions pas restés ensemble avec Frieda. »

Et Pierre attend son heure.

« Il paraît que Pierre attend son oui depuis longtemps. J'aurais tellement voulu qu'ils soient heureux ensemble et que je puisse t'aimer avec un cœur léger. [...] Maintenant elle peut se permettre d'envisager Pierre autrement. »

Mais là encore il se sent piégé. « Je suis enchaîné par mille choses tu le sais bien. Pierre et Frieda ne veulent pas se séparer de moi. Surtout Pierre dans une certaine mesure. J'ai besoin de lui aussi mais pas comme lui. »

Pierre et Frieda refusent le départ de Kogan. Sans doute Frieda cherche-t-elle à préserver l'équilibre de leur famille et le bien-être de leur enfant. Pour Pierre, il s'agit de la peinture. Par les conseils de son aîné, il progresse. Son trait s'affirme, sa palette aussi, même si elle reste proche de celle de son ami. Il sait que sans Kogan il demeurera un peintre médiocre. Il ne veut pas le laisser partir. Quant à Kogan, il dépend financièrement de Pierre. Sa santé est trop fragile pour lui permettre de travailler et de vendre ses toiles de manière régulière. Depuis le début de la guerre, c'est pis. Mme Zak, sa galeriste, qui exposait ses tableaux depuis plus de dix ans, n'est pas autorisée à maintenir sa galerie. Jusqu'à l'exode, la pension marchait bien. L'été, un monde fou y séjournait. Frieda s'en occupait avec courage. Et Pierre n'était jamais loin. Il l'épaulait chaque jour davantage, comme un vrai maître de maison. Seule

Mme Rosenberg, pensionnaire des Bruyères depuis dix-huit ans, y vit encore. Eva, la plus jeune sœur de Frieda, a perdu sa place de secrétaire. Elle vend sur les marchés les articles de bonneterie de la nouvelle affaire de Pierre. Mais c'est bien peu. Tout l'argent vient de Pierre. C'est grâce à lui que la famille survit. Et depuis très longtemps. C'est Pierre qui avait prêté l'argent à mes grands-parents pour qu'ils achètent le fonds de commerce des Bruyères en 1931, que jusqu'alors ils louaient. Lui encore qui, en 1937, leur avait avancé des fonds pour qu'ils agrandissent la pension de famille en investissant dans un terrain mitoyen de la maison principale, et sur lequel ils construisirent une vingtaine d'autres chambres. Il paya le bien et la totalité des travaux. Kogan lui devait tout. Comment, dans ces conditions, aurait-il pu partir ? Dans l'une de ses lettres à Madeleine, il lui fait d'ailleurs cet aveu d'impuissance qui en dit long sur leur indéfectible lien à tous les trois : « Moi j'ai une âme malade, comme Frieda, comme Pierre. »

Leurs lettres ne suffisent plus. Kogan et Madeleine se languissent l'un de l'autre. Il est vaguement jaloux : « As-tu fait des touches ? » Elle aussi : « Es-tu content de ta peinture ? Que fais-tu maintenant ? Les croupes joufflues des petites dames ou tout simplement des pommes ? »

Il réclame son corps, a toujours peur de la perdre. Et puis, enfin, elle quitte Biarritz et rentre à Paris.

Elle le retrouva le 4 octobre. Il lui envoya ce pneumatique impatient quelques heures avant leurs retrouvailles : « Ma petite Madeleine chérie, on te téléphonera que je t'attends à l'Académie à 2 heures aujourd'hui. Mais en attendant j'utilise ton pneumatique. À bientôt et on s'embrassera en réalité. K. » Oubliées, la peur des rafles et sa prudence extrême de l'été où il ne sortait plus de l'appartement. Il ne pense qu'à la serrer dans ses bras, retrouver son goût, sa voix, ses baisers.

Ils se virent pratiquement tous les jours jusqu'au 12 novembre, le jour de la Saint-René sur le petit calendrier. Un mois entier rien que pour eux. Chaque fois qu'elle le vit, Madeleine mit un K en marge de la date.

Je pense au *K* de Buzzati. À cette fuite perpétuelle du bonheur.

Elle entoura le 13, et ajouta à la main « vers 8 heures du matin ». L'heure habituelle où la police venait frapper aux portes. Il fut arrêté rue Blanche avec Frieda, sa belle-sœur Eva et sa belle-mère Elka. Ils furent immédiatement transférés à Drancy, escortés, avec d'autres, par la police française.

En me rendant au Mémorial de la Shoah, j'ai pu consulter le registre de la police qui nota toutes les arrivées à Drancy et consigna scrupuleusement leurs biens. Kogan y laissa une montre, un manteau, son portefeuille et quelques pièces de monnaie.

Kogan et Frieda, dans de nombreuses lettres qu'ils écrivirent de Drancy, demandèrent qu'on leur envoie de quoi se couvrir la nuit, le froid, en cette fin d'année 1942, était rude. Ils prévinrent cependant :

« En cas de déportation nous avons beaucoup trop d'affaires », écrit Frieda à Pierre dans le courant du mois de décembre. « Dans ce cas nous t'enverrons une partie des affaires. » Et plus loin, dans la même lettre, elle ajoute : « On ne permet pas d'emmener les manteaux, fourrures, ni sac de couchage. Tout le monde est fou. »

Kogan avait un manteau vert, coupé à mi-mollet, en grosse laine bouillie. Il grattait beaucoup. Sa couleur était automnale, comme ses toiles.

Il était rangé dans un des placards du couloir, rue du Val-de-Grâce, à côté de vestes de mon père et mitoyen de la grosse doudoune bleue à doublure rouge qu'il ne sortait, heureusement, qu'une fois par an lorsque nous partions pour skier. J'aimais essayer ce manteau, jeune fille, à la recherche de nouvelles tenues originales. Je me contemplais dans la glace, vérifiant mon allure, me demandant si j'oserais le porter dans la rue. Il n'a jamais quitté son placard. Il était trop désuet. Mais il m'allait bien, était à peine trop grand pour moi. Kogan devait être petit. Mon père a conservé ce manteau toute sa vie. Il a disparu dans un déménagement.

Quand Madeleine a-t-elle tout noté sur ce calendrier ? Au moment même où elle vivait cette passion, consciente du basculement de son existence ? Ou après la guerre, cherchant, et trouvant, un calendrier de 1942, cette année où sa vie se figea ? Pour ne rien oublier de cet homme, quand elle l'a su définitivement perdu ?

Je pense qu'elle l'aura rempli plus tard, pour mon père, pour qu'après sa mort il le trouve en même temps que les lettres de ses parents, dans sa dernière demeure, à Vaucresson. Pour qu'il sache leur amour et sa chronologie sans qu'elle ait à lui en parler.

Mais, sans avoir lu, il savait déjà.

Quand elle est morte, en 1985, quatre ans après Pierre, il a glissé une photo de Kogan dans son cercueil. Par ce geste, il leur offrit la maison qu'ils avaient tant espérée, et donna vie aux mots que son père avait écrits à Madeleine quarante ans plus tôt : « Au revoir mon enfant chéri, à bientôt j'espère, je ne pourrai vivre qu'avec toi, je t'aime, je t'aime, et toi ? N'aie pas peur de me le dire et bien le dire, ce sont des graines qui ne tomberont pas sur une pierre. »

Pierre et Madeleine

Pierre et Madeleine avaient vécu ensemble rue Bruller pendant plus de vingt ans avant de déménager dans leur dernier appartement. Je m'en souviens parfaitement.

C'était un rez-de-chaussée à Vaucresson, avec un minuscule jardin, dans une résidence moderne des années 1960. Un jour, en courant pour les rejoindre, je me suis blessée au menton sur le chemin recouvert de gravier qui menait au hall de leur immeuble. J'en ai conservé une petite cicatrice sur laquelle il m'arrive de passer mon pouce.

Dans la cuisine se trouvait un bar qui servait également de plan de travail.

J'aimais m'y installer pendant que Madeleine préparait le déjeuner.

Il y avait un grand salon-salle à manger avec une table ronde en bois sculpté qui, ensuite, a longtemps trôné rue du Val-de-Grâce.

Derrière cette pièce, un couloir desservait à gauche la chambre de Pierre, côté jardin, et, à son autre extrémité, celle de Madeleine, beaucoup plus sombre.

Les volets, marron, y étaient souvent fermés. Tout était de velours et de laine. Chaud et confortable comme le pelage d'un chat.

Sa chambre communiquait avec la nôtre. Mon lit était à gauche, le plus proche d'elle. Celui de Thomas était à droite, touchant le mur de la salle de bains. Ils étaient séparés par une grosse commode. Madeleine avait installé dans sa chambre le buste en bronze de Kogan. Elle l'avait commandé après la guerre, et d'après photo, au sculpteur Étienne-Martin qui lui aussi étudiait à l'Académie Ranson. Mais il était bien plus jeune que Kogan et ils ne durent qu'à peine se côtoyer. Ils se croisèrent cependant par l'intermédiaire de Zelman dont Étienne-Martin était un ami proche et avec lequel il fonda le groupe Témoignage. Pierre devait donc également le connaître.

Le buste de mon père enfant lui a aussi été commandé. À la même époque. Je ne me souviens pas de sa place dans leur maison.

Celui de Kogan, en revanche, je le revois parfaitement. À gauche de la cheminée, dans la chambre de Madeleine. Il était en face de son lit. Elle pouvait le contempler quand elle voulait, lui parler à son réveil, et s'endormir avec lui.

Enfant, je ne savais pas qui il était, bien sûr. Je ne me rappelle pas m'être interrogée sur ce visage. Il y avait trop de tableaux chez eux, trop d'icônes religieuses et de bibelots sur lesquels poser mes yeux pour que je m'interroge sur cette sculpture en particulier.

J'aimais bien la toucher et passer mes doigts sur l'arête de son nez, l'orbite de ses yeux et la racine de ses cheveux. J'aimais son tracé, ses lignes saillantes, ses brisures.

Le contact froid du bronze et sa couleur d'or éteint.

Après la mort de Pierre, l'année de mes six ans, mes parents ont récupéré le buste de mon père enfant. Ma mère l'installa dans son bureau. Celui de Kogan resta avec Madeleine. Puis, quand elle mourut à son tour, mes parents gardèrent la plupart de leurs meubles. Et tous les tableaux. Dont ceux de Kogan.

Avant leur mort, il n'y avait aucun tableau peint de mon grand-père chez nous ; Pierre et Madeleine les avaient jalousement gardés. Ils étaient accrochés, un peu partout, dans leur salle à manger, à Vaucresson. Je ne me souviens pas de leur apparition chez nous. Probablement lors de notre déménagement rue du Val-de-Grâce, Madeleine était déjà malade. Elle voulut certainement que mes parents les aient avant sa mort. Ce fut au tour des murs de notre salle à manger de se couvrir des toiles de Kogan. Les vraies. Pas de simples reproductions comme celles dont mes parents s'étaient jusqu'alors satisfaits. Mon père n'eut le droit de posséder un tableau de son père qu'à plus de cinquante ans, malgré ses demandes répétées. Il batailla sans succès. Pierre et Madeleine considéraient qu'ils leur appartenaient. C'étaient leurs tableaux. Leurs amours et leur douleur. Mon père était secondaire. Il en hériterait en son temps.

Il y avait beaucoup de tableaux chez nous. J'aimais cette accumulation de peintures et de dessins de périodes et de styles différents. Les cadres lourds et dorés qu'avaient certains les rendaient encore plus présents.

D'autres, au contraire, disparaissaient presque, à force d'être restés trop longtemps à la même place.

L'ensemble conférait à l'appartement son caractère majestueux. Légèrement désuet aussi, comme figé au temps de mes grands-parents.

Les murs en étaient remplis. Par ceux de Kogan bien sûr, mais ils n'étaient pas si nombreux. Nous en possédions une dizaine tout au plus. Essentiellement des paysages, mis à part un supposé autoportrait que j'attribue plutôt à Pierre, même si c'est Kogan qu'il représente. Le trait y est moins maîtrisé, le dessin plus bancal. Les couleurs ne sont pas les siennes. Plus vives. La palette de Kogan est automnale et mélancolique. Il use des couleurs sombres, aubergine et vert. Parfois un bleu-gris ou à peine plus soutenu.

Plus tard, vidant la cave du Val-de-Grâce pour la vente de l'appartement, nous avons retrouvé quelques toiles de Kogan roulées dans un coin. Un paysage inachevé que ma mère a fait encadrer et qu'elle a installé dans son bureau, pouvant le regarder chaque fois qu'elle relève la tête, et deux autres : un autoportrait que j'ai accroché dans ma chambre et un tableau représentant mon père enfant que j'ai installé dans celle de Clara, ma fille aînée.

C'est une toile magnifique. Mon père ne doit pas avoir plus de six ans. Il est en culottes courtes, porte des grandes chaussettes et une chemise rayée rouge et bleu.

Assis sur un tabouret, les épaules légèrement rentrées, il a une posture timide, étrangement apeurée. Il porte les cheveux courts. Ses oreilles sont un peu décollées. Je ressens toute la fragilité de son enfance, sa sensibilité de petit garçon impressionné d'être peint par son père.

J'imagine que Kogan l'a peint après sa libération du camp de Pithiviers. Peut-être choisit-il son fils comme modèle parce qu'il était encore trop faible pour sortir de son lit et ne pouvait plus peindre en pleine nature comme il le faisait d'habitude.

Peut-être aussi parce qu'il savait que la tempête arrivait. Que, déjà décidé à se séparer de lui, à l'envoyer se cacher en lieu sûr, il voulut le peindre pour s'imprégner de son image et passa des heures à étudier son visage et son petit corps d'enfant pour n'en rien oublier. Il le peignit comme d'autres parents embrassent et cajolent. Le serra dans ses bras sans effusions mais en couleurs.

C'est un bien bel adieu.

Mon frère a toujours aimé collectionner les jolies choses. Il sait en prendre soin.

Quand ma mère a vendu l'appartement de la rue du Val-de-Grâce, il a récupéré nombre d'objets qui s'y trouvaient. Et beaucoup de tableaux qu'il a su associer, avec goût, à d'autres, de sa propre collection.

Ces tableaux qui ornaient les murs de Pierre et Madeleine, puis ceux de nos parents, habillent désormais les siens. Il en a réencadré la plupart. Il les a assurés, les a protégés du soleil et du temps qui passe. Il n'a que peu de murs vides.

Il n'a pas voulu des toiles de Kogan chez lui. Mais il a posé son buste à droite de sa cheminée, comme Madeleine en son temps.

Je me demande parfois si toutes ces œuvres ne l'encombrent pas. Si habiter avec elles ne le leste pas. Il a choisi l'art. Et cette part prolongée de notre enfance. Lui aussi vit avec nos morts. Il les chérit et les contemple tous les jours. À chacun son mausolée.

J'ai choisi d'écrire cette histoire. J'en suis la dépositaire et sa mémoire retrouvée. Ces pages leur offrent une tombe, un lieu de recueillement. Et un écho possible à la dernière lettre de Kogan, où il dit adieu à la femme qu'il aime et au monde. Ses mots sont simples, pleins de fautes d'orthographe, ils me déchirent le cœur.

« Ma petite madeleine cheri
nous partons demin matin,
probablement nous suporterrons le voyage.
Sans savoire ce que l'avenire nous reserve
nous somme pas decouragés.
Quoi faire ?
Je t'embrasse ton Kogan. »

L'été, mon frère et moi passions deux mois dans nos maisons de Port-Blanc, en Bretagne. Elles sont un cadeau que Madeleine nous fit peu de temps après la mort de Pierre.

Mon père nous y conduisait à la fin de l'année scolaire, avant de retourner travailler à Paris. Le départ était difficile. J'avais mal au cœur pendant tout le trajet. Le chat, que mon père attachait à une chaise l'avant-veille, pour être certain qu'il ne s'échapperait pas, miaulait comme un fou. C'était interminable. Il remplissait également une énorme remorque qu'il fixait à la voiture, pleine de meubles et de valises. Une vraie transhumance, qui ressemblait à un exode.

Nous étions le mois de juillet avec Madeleine, mes grands-parents maternels, notre nounou et ses enfants.

Nos parents nous rejoignaient en août. Je les attendais avec impatience. Pourtant, j'étais souvent déçue par leur arrivée. Mon père partait vite en mer, durant plusieurs semaines, et ma mère, en plus de ses parents, accueillait ses frères et sa sœur et je n'avais que très peu de moments pour profiter d'elle. J'en nourrissais une jalousie féroce vis-à-vis de tous ces adultes qui me la volaient.

J'adorais cependant ces deux mois de liberté, que nous passions, Thomas et moi, toujours dehors, juchés sur nos bicyclettes, pédalant à toute vitesse avec, dans les oreilles, le vent qui faisait chanter les mâts des bateaux.

À marée haute, nous sautions de la cale, rivalisant de figures acrobatiques, et nous cachions dans les *Blockhaus*. Ils avaient été laissés par les Allemands. Nous nous y retrouvions avec les copains, essayant de fumer des Kool, à l'atroce goût de menthe, et jouions à nous faire peur en nous racontant des histoires de maisons hantées.

Nous y espionnions également notre grand cousin, qui, amoureux de notre baby-sitter, l'emmenait là pour la caresser sans public. La vue, du toit des *Blockhaus*, est magnifique. Ils dominent la baie. Quelle belle revanche sur la vie que de faire l'amour en haut de ces constructions, dont l'intérieur ne s'ouvre que sur une toute petite fenêtre, spécialement conçue en son temps pour y positionner une mitrailleuse ou un canon.

Nos maisons se font face, de chaque côté du jardin. L'une est en pierre, dans la tradition de la région. C'est là que tout le monde se réunit. Au rez-de-chaussée se trouvent la cuisine et un petit salon. Les jours de pluie, mon frère aime y allumer des grands feux dans la cheminée en regardant un film, enroulé dans un plaid, une cigarette au bec. L'été, durant mon enfance et mon adolescence, ma mère et ma tante ont longtemps organisé de grands dîners. Elles cuisinent très bien. Il y avait beaucoup de monde à la maison. Les copains, adultes comme enfants, passaient sans prévenir pour boire un verre ou jouer au ping-pong. Pour nos dix ans, mon père a entièrement vidé le garage, et acheté un baby-foot et un flipper à un café qui fermait. Avec mon frère, nous avons installé de vieux fauteuils défoncés et des cartons pour fabriquer une table basse. Nous possédions aussi, inestimable richesse, un lecteur de cassettes que nous avait offert ma tante. Nous écoutions de la musique à fond et organisions des boums avec les enfants du coin.

La chambre qu'occupait Madeleine, au-dessus de la cuisine, est devenue la mienne. Dans mon enfance, quand elle y dormait, j'allais la retrouver tous les soirs, pour lui souhaiter une bonne nuit. Elle me faisait alors réciter mes prières, à genoux face au lit.

Notre Père, Je vous salue Marie et le Credo, chaque soir de l'été. Je n'aimais pas tellement les prières, mais sa présence oui, joyeuse et vive, même au soir de sa vie. Elle inventait de petites farces, comme remplacer les gâteaux par des carottes. À dix ans, elles m'amusaient moins qu'à six, mais c'était une sorte de rituel entre nous. Comme les bons points qu'elle avait dessinés pour Thomas et moi. Un morceau de carton avec, inscrite dessus, la première lettre de notre prénom. Celui qui en obtenait vingt, généralement en se tenant bien à table, avait droit à un cadeau. Je ne crois pas être jamais arrivée à vingt. Mais j'eus beaucoup de petits cadeaux. Chez elle, il y avait toujours des biscuits champagne qu'elle achetait spécialement pour nous. Elle regardait le journal télévisé les jambes au chaud sous une couverture écossaise. Elle adulait Giscard et pestait contre « ce con à la rose » de Mitterrand

– surtout quand mon père était dans les parages, exprès pour l'emmerder. Ils se chamaillaient gaiement tous les deux. La tendresse qu'ils ressentaient l'un pour l'autre était palpable.

Elle avait une odeur sucrée de fleurs un peu fanées qui venait de sa crème de nuit, *Secret de bonne femme*. J'adorais ce nom gouailleur, sa texture mousseuse, sa couleur blanche, le joli pot bleu. J'y plongeais le nez en cachette.

En Bretagne, elle sortait peu de sa chambre. Les déplacements lui étaient difficiles. Son vélo Peugeot, qui freinait par rétropédalage, prit la poussière dans le garage. Le chat, qui, comme elle, passait beaucoup de temps sur son lit, lui rapportait parfois quelque souris décapitée qu'il déposait à ses pieds tel un magnifique trophée. De l'autre bout du jardin, on entendait Madeleine hurler, et l'animal, affolé, rappliquait sans demander son reste.

Port-Blanc est devenu notre maison de famille. Mes grands-parents, oncles, cousins et amis s'y installaient quelques jours ou semaines chaque été.

Beaucoup sont morts aujourd'hui. Mais ma mère a couvert les murs de leurs photos pour qu'ils restent avec nous, merveilleux fragments de vie, arrachés à notre mémoire inconstante.

Je me souviens de mon incompréhension, enfant, devant certains exercices de maths. Rien ne se passait en moi. Mon esprit était vide et ma feuille restait blanche.

Exactement comme lors de ce déjeuner à Vaucresson, j'avais huit ans, où mon père me révéla la nationalité étrangère de ses parents. Nous étions dans le couloir de l'appartement, celui qui reliait le salon à la salle de bains, je me tenais derrière lui. Pierre était déjà mort, mais Madeleine devait être là. Pourtant elle a disparu de ma mémoire. Seuls, le dos de mon père et le son de sa voix me reviennent. Il me dit que ses parents sont morts pendant la guerre, qu'ils étaient russes et résistants. Que Madeleine est sa tante.

Je me souviens de ma confusion. Mon esprit d'enfant buta sur ces mots. Non sur le fait que Madeleine fût sa tante, puisqu'il la présentait toujours comme ça. Mais Madeleine était française.

Comment pouvait-elle être sa tante alors que ses parents étaient russes ? Je n'y comprenais rien. Et résistants ? Cela ne voulait rien dire.

Je ressentis le même dénuement, vingt-huit ans plus tard, quand je commençai à lire la correspondance de mes grands-parents. Depuis le dîner de mes treize ans chez Napoli, je savais qu'ils étaient juifs. Mais en déchiffrant leurs mots, j'y découvris leurs amours croisées. Il n'est, évidemment, pas question de morale. Je me fous pas mal de qui coucha avec qui. Mais les parents de mon père formèrent ce quatuor amoureux et je me rendis compte, en découvrant cela, que je l'avais toujours soupçonné. Dans mon adolescence, mon père, en parlant d'eux, les associait de manière inextricablement croisée. Kogan était doux et artiste, assez inadapté à la brutalité du monde, Madeleine était tendre. En miroir, Pierre était dur, et Frieda une femme colérique et vulgaire.

« Elle criait dans les magasins, m'avait-il dit un jour. Elle se disputait avec le vendeur. » Il en gardait un souvenir d'effroi.

Après la mort de mon père, quand mon frère puis moi quittâmes la maison, ma mère instaura un déjeuner le dimanche.

J'arrivais souvent en avance et la regardais cuisiner. J'aimais ces moments, moi qui suis pourtant allergique à toute forme de préparation de repas.

Un jour où elle avait cuisiné un rôti de bœuf, je l'assistai dans la découpe de la viande. Elle coupait les tranches et je les déposais dans un plat. Elle utilisait une planche en bois. Il y en avait beaucoup chez nous, de différentes tailles et pour différents usages, pour la plupart assez vieilles, marquées par des coups de couteau répétitifs et quelques taches de gras tenaces. Nous avions terminé. J'observais le jus couler dans la gouttière. L'un des côtés de celle-ci était d'un bois plus blanc, et d'une largeur plus importante que les autres. Je le lui fis remarquer. Elle y jeta un œil, lava la planche et l'essuya.

Puis, la mettant à la verticale, elle tira le bois vers le haut. Il coulissa, tel le couvercle d'une boîte de mikado, laissant apparaître une parfaite cachette.

« Tu ne connaissais pas cette planche ? me demanda-t-elle. C'est là que tes grands-parents cachaient leurs papiers. »

J'ai longtemps pensé que mon père avait besoin d'une vision héroïque de ses parents pour supporter la honte de leur soumission et de leur mort. Pour la supporter intimement et socialement. Quand, à l'adolescence, Pierre l'adopta et qu'il changea définitivement de nom, il renonça à leur possible survie. Il cessa de les imaginer, vivants, frappant un matin à la porte de la rue Bruller. Que lui restait-il alors, si ce n'est une inévitable colère face à leur abandon ? Une colère violente, parfois dévastatrice, qui le faisait hurler la nuit et se battre le jour, jouant des poings avec facilité, décidé à en découdre avec d'autres gosses, mieux nés que lui, qui n'avaient rien perdu, et qui partageaient sa classe au collège Stanislas. De la colère et de la honte. Ils étaient morts comme des millions d'autres anonymes, sans résistance. Cette soumission lui était intolérable. Il était à l'âge des possibles, où tout commence. Où l'on sait tout sur tout, où le monde est binaire et les jugements hâtifs. Et lui portait cela. Des parents partis en fumée. Dont les cadavres, à l'ouverture des chambres à gaz, étaient imbriqués dans d'autres cadavres, formant une sinistre pyramide. En agonisant, ils avaient grimpé les uns sur les autres pour atteindre le plafond, pour trouver un minuscule espace d'air sain, et tenter de ne pas suffoquer.

Cette honte lui collait à la peau. D'autant plus qu'au début des années 1950 on ne parlait pas des camps de la mort. Ceux qui en étaient revenus se heurtaient à une hostilité sourde de la part de leur entourage et de la société. L'heure était à la reconstruction. À l'émergence d'une France victorieuse, dont les nouveaux modèles s'appelaient Brossolette et Moulin, les deux héros encensés de la Résistance. Peu de monde voulait écouter les déportés revenus de Pologne et prendre la mesure de l'horreur de ce qu'ils avaient vécu là-bas. Ils dérangeaient, détonnaient dans ce tableau tout neuf. La plupart, sinon tous, mirent plusieurs décennies avant de réussir à en parler.

Il en était de même pour mon père. Être juif n'était pas populaire à l'époque. Et c'est un euphémisme. Alors un enfant de déportés, morts de surcroît, qui voudrait l'entendre ? Son père adoptif, qui avait pourtant connu et aimé ses parents, refusait de lui parler d'eux. Il s'appelait de Lattre, maintenant. Pas question de s'appesantir sur cette douloureuse histoire ou de la révéler. Il lui fallait oublier ses origines.

Il obéit, et transforma la mort des siens en une légende splendide. Eux aussi devinrent résistants. Inconnus certes, mais morts au combat, luttant pour la liberté. Son père en fabriquant de faux papiers grâce à son talent de peintre, et sa mère en transportant des documents sous son corsage.

La prétendue appartenance de ses parents à la Résistance fut la couverture de mon père. Son barrage à toutes les questions. Il s'en servit souvent. Devenu médecin, cette invention lui permit de supporter sans mot dire certaines blagues antisémites de ses confrères, qu'il écoutait, un sourire ingénu au coin des lèvres.

Ils ne furent sans doute pas plus résistants que d'autres, même si Kogan, grâce à son talent pour le dessin, aurait pu, à l'instar d'un Kaminsky, faussaire de légende, fabriquer des faux papiers.

Le procès-verbal de l'arrestation de Kogan en juillet 1941, juste avant son internement au camp de Beaune-la-Rolande, fournit de nombreux indices sur sa vie et ses revenus.

Déjà endetté auprès de Pierre par l'achat d'une annexe pour agrandir la pension de famille en 1937, il fut forcé de vendre le fonds de commerce en 1941.

Cette injonction est la conséquence de deux lois. D'abord celle du 18 octobre 1940, ordonnance allemande, qui interdit aux Juifs d'exercer une profession commerciale, puis celle du 22 juillet 1941, française, et plus violente encore, qui ordonna l'« aryanisation » des biens israélites. Le régime de Vichy imposa ainsi la spoliation pure et simple des Juifs en France. Mes grands-parents cédèrent les Bruyères à Pierre de Lattre quelques semaines seulement avant la promulgation de cette loi, le 15 mai 1941. Ce dernier racheta la maison et l'annexe. Par cet acte clairvoyant, il évita que mes grands-parents en soient définitivement privés. Pierre étant « aryen », rien ne s'opposait à ce qu'il achète une pension de famille. Pourtant, quelques mois plus tard, la vente fut cassée, refusée par l'administration allemande. Au double motif que, mes grands-parents étant conjointement propriétaires, ils auraient dû, tous les deux, déclarer leurs biens auprès des autorités, en conformité avec l'ordonnance allemande du 18 octobre 1940 – or seul Kogan l'avait fait ; et que Pierre de Lattre ne semblait pas « dégagé de l'influence juive ». De bonnes âmes, à commencer par la propriétaire des murs de la maison, écrivirent plusieurs lettres au préfet pour déclarer que Frieda était la maîtresse de Pierre et qu'en conséquence cette vente était fictive. Et d'ajouter qu'elle serait ravie de racheter le fonds de commerce qu'elle avait vendu aux Kogan en 1931, les temps étant vraiment difficiles pour les braves gens de son espèce. Au début de l'année 1942, le Commissariat général aux questions juives cassa la vente et nomma un administrateur provisoire chargé de s'occuper de l'affaire jusqu'à ce qu'une nouvelle vente soit possible. Pierre se démena comme un beau diable et réussit à la racheter définitivement en avril 1943.

Mais en 1941, après cette première vente, la famille se retrouva sans ressources. Ils n'avaient plus que Pierre pour subvenir à leurs besoins.

Malgré le danger toujours plus présent, malgré le rejet qu'ils suscitent et dont ils ne peuvent plus ignorer la violence, je découvre, à la lecture de ce procès-verbal, le désir d'assimilation qui fut celui de

Kogan, sa soif de normalité, sa volonté de bien faire. « Sa conduite, sa moralité et sa tenue » étaient exemplaires. Il jouissait d'une « très bonne considération » dans le village. Tout cela est écrit noir sur blanc.

Je comprends mieux, grâce à ce PV de juillet 1941, pourquoi il ne chercha pas à fuir, pourquoi il se fit recenser en octobre 1940. Il devait avoir foi en ce pays qu'il avait choisi. Confiance en ses lois. Il se pensait à l'abri, tout étranger et juif qu'il était. Mon père avait raison : Kogan n'était sans doute pas armé pour affronter la dureté du monde.

La dernière ligne de ce document évoque, par une formulation des plus raide, « son attitude au point de vue national ». Au début de la guerre, il voulut s'engager dans l'armée, sans doute pour tenter d'obtenir plus facilement la nationalité française. Il fut refusé. Il était trop âgé. Il avait quarante et un ans. Il était trop malade également. La tuberculose lui laissait peu de répit. Des assauts successifs de la maladie, il avait conservé un corps chétif. Ses épaules s'étaient voûtées. Il portait de grands pantalons de toile légère qui laissaient deviner la maigreur des jambes. Pourtant, il était beau. Son regard sombre, accentué par des sourcils fournis, était perçant. Sa bouche charnue et ses pommettes hautes trahissaient facilement ses origines slaves. De profondes rides, dont mon père puis mon frère héritèrent, avaient marqué son front. Ses cheveux, bruns, se clairsemèrent avec les années. Pour masquer sa calvitie, il avait adopté une coiffure étrange que l'on retrouve sur toutes les photos. Sa raie, décentrée, débutait au niveau de sa tempe droite, rabattant ainsi le reste de la chevelure sur la gauche. Sans être coquet, il soignait son apparence. Il était toujours bien mis. L'été, il portait des tenues claires et décontractées, chemise et pantalon en lin, espadrilles blanches aux pieds. En hiver, de beaux pulls sombres, parfois même un costume. Il avait de l'allure.

Cette mise n'y changea rien. À la fin du PV, le commissaire de police de Melun ajouta, à la main, ces quelques mots sans appel :

« Inutile à l'économie nationale. Avis favorable à l'internement. » Le document fut signé le 7 juin 1941, un mois et demi avant son arrestation, mais cinq jours seulement après la promulgation de la loi le privant du droit d'exercer une profession. Ils prirent leur temps pour venir le chercher. Mais qu'importe. Il n'avait aucune chance.

Le 17 juillet 1941, le préfet de Seine-et-Marne donna l'ordre de son arrestation. Les gendarmes vinrent le chercher chez lui et l'emmenèrent à l'abbaye de Dammarie-les-Lys dans la voiture du maire du Vaudoué, après que mon grand-père s'était engagé à payer l'essence nécessaire à ce trajet. La cruauté de ce détail me transperce.

Le quartier de Paris où je vis aujourd'hui est celui dans lequel Frieda et Kogan se sont cachés les semaines qui ont précédé leur arrestation du 13 novembre 1942. Leur dernière adresse fut le 68, rue Blanche, dans le 9e arrondissement.

Adolescente, je savais qu'ils avaient été arrêtés dans cette rue. Mon père me l'avait dit lors de notre dîner chez Napoli. Mais je ne connaissais pas le numéro exact. Je crois que mon père l'ignorait également. Je pense que, s'il l'avait su, il m'y aurait emmenée un soir, lors de l'une de nos balades en voiture, et m'aurait montré l'immeuble en passant, ralentissant à peine, comme si de rien n'était.

Vers mes quatorze ans, un de mes amis m'invita chez lui, dans cette même rue. Sa famille habitait un bel atelier, très haut de plafond, et une énorme affiche d'*Hiroshima mon amour* de Resnais habillait un des murs de cette gigantesque pièce. L'immeuble se trouvait en face de la caserne des pompiers, au bas de la rue. J'y suis allée danser bien plus tard, lors d'un bal du 14 Juillet.

Chaque fois que je venais chez lui, j'éprouvais un léger vertige.

Et si c'était là qu'ils avaient été arrêtés ?

En transcrivant les lettres de mes grands-parents, vingt ans plus tard, je découvris l'adresse exacte. Le 68 est plus haut dans la rue. Il fait l'angle avec la rue Chaptal, presque en face de la rue Ballu. C'est un bel immeuble bourgeois de seulement trois étages.

L'appartement était au nom de Marguerite Teale, la veuve d'un artiste roumain proche de Zelman. C'était celui de son fils Richard, alors prisonnier en Allemagne.

Elle connaissait mes grands-parents depuis leur arrivée en France. Elka et Eva, la mère et la plus jeune sœur de Frieda, étaient ses locataires depuis au moins deux ans. C'est cette adresse que mon arrière-grand-mère donna quand elle se déclara comme Juive à la préfecture de police de Paris, en octobre 1940.

À quel étage se cachaient-ils ? Sur quel palier ?

Il m'est difficile de les imaginer vivant là, dans cette manifeste opulence du quartier de la Nouvelle-Athènes, tellement éloignée de leur réalité matérielle et psychique. Ils ne possédaient plus rien depuis que Pierre leur avait racheté les Bruyères en juin 1941. Ils devaient peu sortir. Surtout à partir de juin 1942, quand le port de l'étoile jaune devint obligatoire et que les rafles s'intensifièrent.

Aujourd'hui encore, ils m'accompagnent dans mes trajets. Je me demande s'ils ont emprunté les mêmes rues que moi, s'ils ont contemplé les mêmes détails de façades, s'ils ont levé le nez pour regarder, la nuit, les derniers étages éclairés de certains immeubles du boulevard Rochechouart.

Ce fut Marguerite Teale qui servit d'intermédiaire entre Kogan et Madeleine. Elle postait les lettres de Kogan et lui apportait celles que Madeleine adressait à son propre domicile, rue Pissarro, quartier de Monceau. Madeleine n'envoyait rien rue Blanche. Sans doute par sécurité, « pas à cause de Frieda » en tout cas, comme le souligne Kogan dans l'une de ses lettres. Parfois, il trouve que l'attente est longue : « Je donne mes lettres à Mme T. et Dieu sait quand elle les met dans la boîte. »

Marguerite Teale fournissait-elle également du papier et des crayons à Kogan pour qu'il puisse continuer de dessiner ? En trouvait-on encore ? Elle devait aussi apporter de la nourriture à la famille, faire toutes leurs petites commissions puisqu'ils ne pouvaient presque plus sortir.

Il semblerait aussi qu'à la suite de leur arrestation tous les biens de Marguerite Teale qui se trouvaient dans l'appartement aient été mis sous scellés. Kogan s'en inquiète auprès de Madeleine dans une lettre qu'il envoie de Drancy dans les mêmes semaines : « Il faut d'urgence veiller qu'on ne vide pas l'appartement de Marguerite. Je crains qu'avec nos affaires on enlève en plus les affaires de Richard, Odette, avec les meubles et le tout. Pour sauver tout ce qui appartient aux aryens dans cet appartement. Il faut insister sur le fait qu'il y a très peu de choses à nous dedans. »

Certaines lettres que mes grands-parents écrivirent de Drancy à Marguerite Teale portent la trace de cet événement. Frieda lui écrit, le 21 novembre 1942, dans sa première missive : « Chère amie, nous n'osons pas penser à tout ce qu'il s'est passé chez vous. »

Dans la troisième, datée du 18 décembre, elle demande à Pierre de lui transmettre de nouveau ses excuses : « Dis à Mme T. que je m'excuse pour les ennuis que nous lui avons causés. Tu ne peux pas t'imaginer combien je regrette d'avoir profité de son hospitalité, pour elle et pour nous. »

Kogan, dans la quatrième, datée du 22 décembre, écrit à Madeleine : « Si on n'a pas mis les scellés dans la cave de la mère de Richard il y a du beurre salé, des pommes de terre, et dans la deuxième chambre, en haut, Marguerite sait où, il y a du thon et du chocolat Banania. »

Frieda, elle, craint que Marguerite n'arrive plus à envoyer des colis à son fils Richard, prisonnier de guerre en Allemagne. Elle demande, dans la même lettre : « A-t-elle réussi à avoir des étiquettes pour les colis de Richard ? » Les étiquettes, c'est-à-dire les tickets de rationnement.

J'essaie de retracer le trajet de Marguerite Teale durant les semaines où ils se cachaient chez elle. De la rue Blanche à la rue Ballu. Et de repérer où se situait le bureau de poste le plus proche. Il faisait l'angle avec la rue de Clichy. Il a été remplacé par une agence immobilière.

Certaines enveloppes du courrier de Kogan sont aussi tamponnées du bureau de poste de la rue Hippolyte-Lebas, plus bas dans le 9e. Celui-ci existe toujours. J'y suis allée souvent. Il fait l'angle avec la rue Milton, où se trouve l'école de mes filles. Elle aussi existait déjà en 1942. Sans doute Marguerite Teale entendait-elle les cris des enfants pendant la récréation.

Tant d'espoir dans ces lettres, et de vitalité dans les jeux de ces enfants. La police française avait-elle déjà ratissé les écoles du quartier ?

J'y pense devant la plaque noire que la mairie a apposée il y a quelques années devant l'école. Clara, ma fille aînée, m'a raconté les fleurs et les mots du directeur, ce qu'elle en avait retenu. Et la minute de silence aussi, « comme pour le Bataclan maman ». Son histoire n'est pas la mienne.

Cette gêne que j'ai souvent à ne pas habiter mon présent, ce sentiment d'appartenir à un passé que je n'ai pas vécu, mais qui me semble parfois aussi familier qu'aujourd'hui.

Je ne vis plus en 1942. J'ai cessé de me réveiller la nuit, trempée de sueur, après un cauchemar de poursuite et de planque où j'attendais des heures durant, en étouffant la respiration de ma fille, pour que nous ne soyons pas repérées. Je ne sursaute plus dans mon sommeil parce que des bras inconnus et hostiles cherchent à me la prendre.

Tout cela a cessé à la naissance d'Alice, ma seconde fille. À qui j'ai donné un prénom bien français, sans équivoque. Comme mon père l'avait fait pour moi. Pour lui c'était une protection supplémentaire. Qui aurait pu découvrir mes origines derrière mon prénom ?

Pour Clara j'avais, au contraire, choisi un prénom possiblement d'ailleurs. J'ai prétexté que je souhaitais pour elle un nom qui se prononce facilement en Espagne, où nous allons souvent, son père et moi. Mais j'en cherchais surtout un qui marque cette judéité. Qui ne l'exclue pas tout du moins. Il me semblait capital qu'elle porte sur elle ses origines. Qu'elles ne soient pas cachées, à l'inverse de ce que mon père avait toujours fait avec moi. Je voulais que l'on sache.

Quand Alice est née, j'ai cru que j'étais en paix avec mon ascendance. Que je pouvais lui donner un beau prénom classique.

Et pourtant, j'ai eu du mal à la nommer quand elle est née. Longtemps je n'ai pu l'appeler que par son surnom, ou en inventant pour elle des petits mots d'amour. Paradoxalement, c'était le sien le prénom d'ailleurs, l'étranger.

Son troisième prénom est celui de la tante de mon père, qui est morte à Auschwitz elle aussi : Eva. C'est un prénom assez commun, auquel je tenais néanmoins.

Mon père ne parlait jamais de sa tante. Il s'en souvenait sans doute très peu.

Je ne savais pas encore, en 2012, quand Alice est née, à quel point Eva joua un rôle majeur dans leur histoire.

Drancy

Eva était la plus jeune des deux sœurs de Frieda. Arrivée tard, elle est née en 1914, sans doute par accident, quand mon arrière-grand-mère ne s'y attendait plus. Celle-ci avait quarante-deux ans.

Eva était la plus jolie de la fratrie, brune, le teint clair, les joues parsemées de taches de rousseur. Sur les photos que j'ai d'elle, son regard est confiant. Elle y sourit toujours.

Quand la guerre éclata, elle avait vingt-cinq ans. Elle aimait sortir, rire et danser. Le travail l'intéressait peu.

Avec son amie Genia Romoff, elle échangea plusieurs lettres durant l'été 1940.

Genia Romoff était une habituée des Bruyères. Elle y venait camper avec son frère Boris durant la seconde moitié des années 1930. Leur mère, Maroussia, pour laquelle Eva semble avoir eu un réel attachement, les accompagnait souvent. Elle louait la dépendance attenante à la pension de famille, malgré l'insalubrité dont elle ne manquait pas de se plaindre dans ses lettres à sa fille : « Ma maison est sale, dégoûtante, et il fait froid », lui écrit-elle par exemple à l'été 1936.

La correspondance de la famille Romoff, que je me suis procurée grâce à la fille de Genia Romoff, donne des détails intéressants sur la vie aux Bruyères avant la guerre. Maroussia aime bien les Kogan. « Dis bonjour de ma part au couple Kogan, écrit-elle à sa fille en octobre 1936. Ils sont sympas. »

Dans une autre lettre, datée du mois de juin de la même année, Genia écrit à son mari. Elle lui reproche de ne pas avoir pu l'accompagner et tente de piquer sa jalousie. « Je rentre du Vaudoué... lui dit-elle. Je rajeunis. Ces deux jours au Vaudoué, j'ai eu beaucoup de succès. On ne voulait absolument pas croire que j'étais mariée. » La vie y semble légère. Loin de la guerre qui s'approche pourtant. « À Paris il y a eu une alerte pré-guerre avec sirène et extinction des lumières », évoque Maroussia dans une lettre à son fils en octobre 1936. Mais sans s'y attarder davantage. Le sort des Juifs n'est pas encore une question.

Il y a beaucoup de passage chez les Kogan. Des fêtes. Et même des réunions politiques que commentera Genia pour son mari : « Il y avait une réunion politique au Vaudoué où parlait un PSF[1]. Le toupet de ces gens qui ont pris tout aux partis de gauche et qui s'en différencient seulement par de la basse démagogie ! »

1. Parti social français (1936-1941).

Mais les affaires marchent bien. Surtout depuis l'ouverture de l'annexe et de ses deux granges transformées en chambres. La pension compte au total vingt-neuf chambres, et un terrain de deux hectares sur lequel il est facile, pour les moins fortunés des pensionnaires, de planter une tente l'été, comme le fit régulièrement Boris Romoff. « La pension Kogan continue bien à marcher à plein, note-t-il à sa mère à l'été 1939. Il paraît qu'il y avait un monde fou à Pâques. »

En juin 1940, durant l'exode, Genia resta à Paris. Eva s'était réfugiée en Corrèze, chez les Joffre, des amis d'amis, dans le petit village d'Estivaux, pour y retrouver ses parents, arrivés quinze jours plus tôt.

Ce que je sais de leur séjour en Corrèze, je l'ai d'abord appris grâce aux missives d'Eva à son amie.

Dans sa première lettre, datée du 13 juillet, Eva évoque pudiquement l'exode, sa fuite sur les routes, sa peur pendant ces « huit jours de voyage terribles » avec Frieda et Kogan. « Je crois que c'est inutile de vous parler de tous les cauchemars que nous avons vus sur la route, lui écrit-elle, vous avez sûrement vu des réfugiés qui vous ont tout raconté. »

Malgré son soulagement d'être arrivée en Corrèze, elle s'y ennuie beaucoup. Toute la famille s'ennuie et s'inquiète. « Ici nous sommes assez bien dans une contrée où les gens sont charmants. Mais le temps nous semble si long quand on ne sait pas quand nous pourrons retourner à Paris », avoue-t-elle à son amie. Et de terminer : « Je ne t'ai pas envoyé tes soutiens-gorge car je suis partie de Paris avec l'intention de revenir pour chercher le restant de nos affaires et je n'ai pas pu retourner car les routes commençaient à s'encombrer. Tu l'auras un jour, quand nous rentrerons, et j'espère le plus vite possible. » Loin de Paris, ils ne mesurent pas les difficultés qui les attendent.

J'imagine qu'à cette période mes grands-parents ne s'entendaient plus, se disputaient ou s'évitaient. Que Frieda voulait retrouver Pierre, et Kogan retourner peindre à l'Académie Ranson. Ils étouffaient. Seul mon père devait être ravi à Estivaux. Il a six ans. Je l'invente très heureux dans la nature, au milieu des animaux et de sa famille. Il y a un ruisseau au fond du jardin, un champ voisin avec les herbes hautes dans lesquelles il disparaît presque. C'est le paradis.

Tout le monde rentre au Vaudoué en octobre 1940, le mois même de la promulgation des premières lois antijuives.

À Estivaux, Mme Joffre, en plus des Kogan, hébergea Régina Rosenstock. Les deux femmes devinrent proches. Régina vivait elle aussi au Vaudoué. Elle s'est déclarée comme Juive à la préfecture de police de Melun en même temps que Kogan. Elle était la plus ancienne pensionnaire des Bruyères. Elle ne fut pas déportée et survécut.

Après la guerre, malade, elle revint mourir à Estivaux, dans la maison de son amie. C'est elle qui lui raconta l'arrestation et la déportation de mes grands-parents.

Ces lettres d'Eva ont été capitales. Découvrant l'adresse au dos des enveloppes, j'ai recherché le numéro de téléphone des Joffre à Estivaux. Aujourd'hui, peu de familles ont un téléphone fixe. Et moins nombreuses encore sont celles dont le numéro figure sur les Pages blanches. J'ai eu de la chance, le leur y figurait.

J'ai appelé une après-midi. Une dame m'a répondu. Je lui ai expliqué que mes grands-parents avaient été hébergés par sa famille pendant la guerre, et, à ma grande surprise, elle savait très bien de qui il s'agissait.

« Les Kogan. Oui, bien sûr, ma belle-mère m'en a souvent parlé. Je crois qu'il y a un carnet leur appartenant dans le grenier. Je vous l'envoie par la poste. »

Nous étions en 2005. Que quelqu'un, à l'autre bout de la France, soixante-cinq ans après leur passage, ait conservé ce carnet me semblait incroyable.

Je reçus le colis très rapidement.

C'était un répertoire professionnel. Sa couverture brune, tachée à plusieurs endroits par l'humidité, était cependant très douce, et l'intérieur presque intact.

Il appartenait à Frieda. Je reconnus sa grosse écriture ronde.

Entreprises de textiles, fourreurs et quincailliers en tout genre s'étalaient sur ces pages. Elle devait travailler avec eux pour entretenir les Bruyères, se faire livrer de la literie, des couverts…

J'ai recherché plusieurs de ces noms sur Internet. Ils ont tous disparu.

Quelques jours plus tard, en fin d'après-midi, je reçus un appel. Il ne s'agissait pas cette fois de la belle-fille de Mme Joffre, mais de sa propre fille. Sa voix était claire. Les jambes coupées, je m'assis sur mon lit.

Elle avait beaucoup de choses à me dire.

L'exode de mes grands-parents et de mon père à Estivaux, et leur vie ensuite à Paris que lui avait racontée sa mère qui tenait tout cela de Régina Rosenstock.

Après les rafles de juillet 1942 et la peur qu'ils eurent, tous, d'être arrêtés, la vie a repris rue Blanche, et je sais, grâce à leurs lettres, que Kogan écrit à Madeleine presque tous les jours. Il peint encore parfois, quand il n'est pas malade et qu'il réussit à se faire livrer du matériel, malgré le prix exorbitant des couleurs.

Frieda voit Pierre, qui passe quotidiennement rue Blanche. C'est lui qui organise leur vie clandestine, leurs rares sorties dans le quartier ou les visites de mon père. Il subvient à tous leurs besoins.

Elka, mon arrière-grand-mère, est entourée de ses deux filles et se laisse porter par l'autorité de Frieda et les décisions de Pierre.

Mais Eva ? Qu'a-t-elle pour nourrir ses pensées ? pour tromper la peur, l'ennui, et étancher sa soif de vie, occuper sa grande jeunesse ?

Il lui est insupportable de rester enfermée toute la journée entre sa sœur et son beau-frère, et elle ne peut plus supporter sa mère, qui a trop besoin d'elle. Alors elle continue à sortir et à danser, malgré l'inquiétude qu'elle provoque à la maison, les Allemands qui pullulent dans le quartier, et les rafles qui se succèdent.

Un soir, à un bal que j'aime imaginer dans la caserne des pompiers du bas de la rue Blanche, elle rencontre un musicien. Ils se regardent et se plaisent.

Eva avait dix ans quand elle arriva en France. Elle parle un français sans accent, ressemble à n'importe quelle jolie Parisienne. Personne ne peut deviner ses origines derrière ses grands yeux bleus et ses taches de rousseur. Elle refuse de porter l'étoile jaune, pourtant obligatoire depuis le mois de juin. La religion pour elle n'a pas d'importance. Elle ne se sent pas plus juive qu'autre chose. Elle ne sera pas marquée comme un animal.

Devant cet homme, elle ne réfléchit pas. Elle cède à l'urgence de son désir. Elle veut vivre et aimer. Elle le revoit.

Elle ne lui dit rien, bien sûr, de sa judéité ni de sa famille cachée dans le quartier.

Mais elle parle de lui à sa sœur, lui raconte leurs promenades le long du boulevard Rochechouart, à la barbe des Allemands qui cherchent des filles du côté de Pigalle et qui ont transformé le Wepler, la brasserie emblématique de la place Clichy, où se retrouvaient avant la guerre artistes et putains, en un foyer pour soldats allemands dont eux seuls, maintenant, ont la jouissance. À cinq minutes à pied du Wepler, en remontant le boulevard de Clichy, le Café de la place Blanche, qui se situe en face du Moulin-Rouge à l'angle des rues Blanche et Pierre-Fontaine, arbore une immense croix gammée. C'est à cent mètres de leur planque.

Avec lui, Eva ne craint pas les contrôles d'identité lorsqu'elle croise des soldats dans la rue et qu'elle lui tient la main. À peine resserre-t-elle un peu plus ses doigts sur les siens.

Frieda s'inquiète, mais ne lui reproche rien. Elle comprend son urgence. La conjure d'être prudente. Mais de profiter.

Elle profitera surtout.

Le matin du 13 novembre 1942, vers 8 heures, la police cogne à leur porte.

L'amoureux, comprenant qu'elle était juive, l'avait dénoncée.

Lorsque au téléphone la fille de Mme Joffre me parla de cette dénonciation rapportée par Régina Rosenstock, la première chose qui me vint à l'esprit fut de lui demander le nom du musicien. Aussi bêtement que, lorsqu'on se réveille d'une anesthésie générale, on demande où l'on se trouve. Elle l'ignorait, évidemment.

Avant de raccrocher, elle ajouta :

« Je suis contente de vous avoir parlé, ma mère, vers la fin de sa vie, évoquait souvent les Kogan. Elle se demandait surtout ce qu'était devenu le petit garçon. »

Je pense à Alice et à l'éclat de ses huit ans. À son rire en cascade et à sa joie, les jours d'été, dans l'eau fraîche de Bretagne. Vierge encore de tout ce qui va advenir.

Et son image se superpose à celle, inconnue et similaire, de mon père, enfant du même âge, jouant sous le soleil de Corrèze.

Où est-il donc, ce petit garçon ?

Adolescente, j'ai souvent entendu mon père répéter : « C'est la concierge qui les a dénoncés, je suis sûr que c'est la concierge. »

Cette phrase – et toute la fureur qu'elle contenait – n'appelait aucune question.

C'était la concierge, un point c'est tout.

Ce n'était pas elle.

Le savoir aurait-il changé quelque chose dans la vie de mon père ? Aurait-il traqué cet homme, projetant de lui faire la peau ? Il aurait au moins eu quelqu'un à rechercher. Et peut-être à retrouver.

Mais mon père n'est plus là, et je ne peux pas partager avec lui ma folle découverte, alors j'appelle Thomas, qui vit loin à cette époque.

Je lui balance toute l'histoire, trop vite, sans lui laisser le temps de m'interrompre, et je lui répète en boucle à la fin de mon récit :

« Tu te rends compte, ça n'est pas la concierge, tu te rends compte, ça n'est pas la concierge… »

Je suis tellement excitée que je n'entends pas ses pleurs à l'autre bout du fil. Puis je comprends. Comment ai-je pu lui balancer cette histoire sans lui demander s'il souhaitait la connaître ? sans m'inquiéter de la manière dont il la recevrait ?

Il a construit sa vie en prenant soin de ne pas s'appesantir sur ce passé. Il n'a pas cherché à le connaître. C'est mon chemin. Il me dit que le sien est résolument tourné de l'autre côté. Il me dit qu'il veut profiter des vivants et non vivre avec les morts.

Mes filles ont des poux.

Je les traque sans relâche depuis qu'elles vont à l'école. Ça fait un moment maintenant. J'ai tout essayé. Même le vinaigre blanc, qui a brûlé la peau de Clara. J'ai épuisé toutes les recettes de grand-mère. Cette invasion me rend folle. Leurs poux me font penser aux lettres déchirantes que mes grands-parents envoyèrent de Drancy.

Écrire sur leur passage dans ce camp m'est difficile. J'ai peur de mon émotion en restituant leurs mots. Peur de ce qu'ils disent de leurs conditions de vie là-bas. La mort déjà en marche et ces animaux qu'ils deviennent malgré eux, dès les premiers jours de leur internement. Quand la faim et le froid les assaillent et qu'ils ne peuvent penser à rien d'autre. Surtout Kogan, qui, un mois plus tôt, écrivait encore des mots d'amour brûlants à Madeleine et dont la peur, subitement, suinte dans toutes ses phrases. Le décalage est violent.

Je les ai lues pourtant, leurs lettres. Je les connais. Mais les restituer ici, sans pouvoir m'abriter derrière une forme de détachement, m'effraie. C'est aux miens que cela est arrivé. La plupart des Juifs déportés de France l'ont été en 1942. L'Allemagne avait fixé un quota de cent mille Juifs à arrêter cette année-là. Mes grands-parents en firent partie. Les inclure dans cet énorme chiffre me rassure. Il a peu de réalité. Leurs lettres font voler en éclats cette factice protection.

Ils comprennent tout de suite qu'ils seront déportés, même s'ils ne savent ni où ni quand ils partiront. « Ce n'est pas Drancy qui nous effraie », écrit Kogan à Madeleine le 4 décembre 1942, trois semaines après leur arrivée dans le camp. « C'est la misère de la déportation, ajournée pour le moment, mais inévitable. »

Ils restèrent presque trois mois à Drancy. C'est très long comparé à d'autres Juifs qui n'y transitèrent que quelques jours. Entre novembre 1942 et février 1943, les départs vers la Pologne cessèrent. Ils ne reprirent que le 9 février quand le convoi n° 46 partit au matin de Drancy vers Auschwitz. Il les emportait.

Avant cette date, ils eurent le temps d'échanger de nombreuses lettres avec Pierre et Madeleine qui, ensemble, alors qu'ils ne s'étaient peut-être jamais rencontrés, se démenèrent pour les aider dans cette épreuve. « Pierre pense à vous avec tout son cœur et toute son énergie, écrit Madeleine à Kogan le 25 janvier 1943. J'aimerais faire moi-même au moins les deux tiers des colis, mais Pierre n'y tient pas. Il tient absolument à centraliser et à avoir toutes les étiquettes. Il trouve cela plus rationnel comme il dit et il a sans doute raison. » Dans une autre lettre elle implore Kogan : « N'ayez d'autres inquiétudes que vous-mêmes. Ayez confiance vos amis pensent à vous et Pierre est pour vous un ami incomparable, *le meilleur* qui ne songe qu'à vous. Vous n'êtes pas abandonnés. »

À leur arrivée à Drancy, mes grands-parents firent tout de suite correspondance commune, chacun écrivant l'un après l'autre, sans se soucier de qui lirait quoi. Les lettres, destinées à leurs amis, passaient par l'intermédiaire de Madeleine ou de Pierre qui recevaient tout le courrier. Ainsi, le temps des secrets, comme celui des amours, était terminé. Maintenant, il fallait survivre. Devaient survivre aussi Elka et Eva qui étaient internées avec eux.

« Nous sommes quatre ici, donc il nous faudra une montagne de choses », écrit Kogan à Madeleine le 22 novembre, neuf jours après leur arrestation. Et Frieda ajouta dans la même lettre, à l'intention de Marguerite Teale, ces lignes un peu confuses, qui témoignent de leur affolement : « Nous avons droit chacun à 1 colis de 3 ½ kg par semaine. L'étiquette vestimentaire que vous recevrez en même temps, vous recevrez 4 vestimentaires. Ne les laissez pas [les étiquettes] se périmer parce que ce sont les seules qu'on nous donne. Nous sommes encore dans notre cauchemar, mais par bonheur nous sommes ensemble, mais combien durera ce bonheur ? »

« Envoyez une ou 2 jupes, sel, pomme de terre, pommes, *savon*, *lessive*. Notre linge. N'envoie pas de viande dans le colis de la fin de la semaine, écrit Frieda à Pierre. Caoutchouc pour culotte et pour corset, plus des sacs de couchage. Il fait froid la nuit. Et quelque chose de radical pour exterminer les poux c'est affreux. » Kogan ajoute, en soulignant chaque mot : « *les étiquettes sont très précieuses, elles sont notre résistance, notre courage et notre espérance.* »

« Où est notre linge propre ? demande-t-il encore le 13 janvier. Il nous faut du sel et de l'eau de Cologne (nous l'avons cassée). » Ce détail me bouleverse. Ils ne pouvaient évidemment pas se laver. Ils sentaient mauvais.

Leur angoisse monte, au fur et à mesure que la rumeur de la reprise des déportations se précise. « Je répète toujours la même chose, s'agace Kogan auprès de Pierre et Madeleine, mais vous ne dites jamais si vous avez reçu mes lettres, vos lettres ne sont pas très claires, je ne sais pas bien ce que vous voulez nous dire (?). Parlez plus clairement on ne s'intéresse pas à nos affaires à la censure chaque fois, on ne nous comprend pas, nous sommes malades. »

Ils tentent de rester en bonne santé pour supporter le voyage. Après qu'ils ont reçu des colis mal confectionnés, arrivés à moitié vides, et l'un d'eux pourri, Madeleine, croyant bien faire, ayant coupé la viande et la charcuterie en tranches pour en faciliter le partage, Kogan lui écrit, affolé : « Nous avons reçu tous vos colis. Ils sont insuffisants comme poids, il y en a qui ne pèsent pas la moitié du poids permis. Sauf le dernier colis (pommes de terre et volaille) dont le poids était suffisant est bien arrivé. Les autres avec volaille, pâté et saucisson sont arrivés pourris, vous l'avez fait vendredi, envoyé samedi et nous l'avons reçu lundi seulement, la viande, le saucisson et le pâté (coupés en tranches, pourquoi ?) étaient immangeables. On ne vous demande rien que vous ne pouvez pas nous envoyer. L'essentiel est d'être bien portant au moment de la déportation. Il ne faut pas être épuisé avant et pour cela il faut avoir des colis bien faits. La semaine du 20-27 décembre avec les étiquettes de 3 kilos on peut envoyer des colis de 5 kilos. J'espère que vous l'utiliserez *complètement*. Je sais que ce n'est pas rien d'envoyer 4 colis par semaine, mais comme de cela dépend peut-être notre vie, je te demande Madeleine de t'en occuper, de t'y mettre. Mets-toi en rapport avec Pierre s'il te manque de l'argent pour les colis. » Et à l'intention de Marguerite Teale, il ajoute, bouleversant : « Maintenant je brûle d'envie de survivre, de vivre, et je vous demande de contribuer à ça en aidant Madeleine et Pierre dans leur tâche difficile des colis. »

Petit à petit, le couple s'organise. Les colis arrivent plus régulièrement, mieux faits. Kogan, Frieda, Eva et Elka ont moins faim, même si la nourriture reste bien insuffisante. Parfois, ils s'autorisent un peu de rêve, un avenir au-delà des portes du camp, comme

Kogan après ces quelques mots de Pierre : « Nous ferons encore de la peinture ensemble. »

Mais le plus souvent, le seul espoir qu'ils s'autorisent est celui de rester à Drancy, ou qu'ils ne soient pas séparés. « Je n'ai pas peur, écrit Frieda à Pierre, K et E non plus. C'est pour maman que je m'en fais. Car quand on déporte on doit sûrement séparer tout le monde. Nous rêvons à présent de pouvoir rester ici, de ne pas être déportés. C'est notre désir et pourvu que ça dure des années. Tu vois comme tout est relatif. » Mais elle ajoute aussitôt : « Mais nous n'espérons rien de bon. »

Ils essaient d'ailleurs de faire quelques réserves en prévision de leur déportation qui, ils le pressentent, approche. Ils n'en connaissent pas la date précise évidemment. Mais Frieda note dans le courant du mois de décembre : « Pour le départ, ils prévoient quelque chose comme février maintenant. » Le 7 janvier, Kogan informe Madeleine qu'il a changé d'escalier. « Maintenant mon adresse est : escalier 6, étage 2. » Et Frieda ajoute : « Nous sommes dans les escaliers des déportables et j'ai si peur. C'est le grand cauchemar d'ici. » Les « déportables » désignent les prochains prisonniers à partir pour la Pologne. Ils le sont tous les quatre.

Dès le milieu du mois de décembre, le camp ne cesse de se remplir. Frieda comprend que la reprise des déportations est imminente. Elle écrit à Pierre : « Les gens affluent tous les jours, j'ai si peur. » Ils ne peuvent envoyer de courrier que tous les quinze jours. Dans une lettre non datée, clandestine, écrite sur du papier libre et sans tampon du bureau de la censure du camp, Kogan presse Madeleine, qui, depuis leur arrestation, fréquente Pierre presque quotidiennement : « Est-ce que Pierre fait quelques démarches pour nous éviter la déportation ? » Comme toujours, Pierre reste leur ultime recours. Frieda lui demande d'intervenir pour aider Kogan, malade, à intégrer l'infirmerie. Elle pense ainsi pouvoir lui épargner la déportation. Pierre semble connaître un ami de Jean Tisné, le médecin de Drancy. « Kogan ne se sent pas bien. Est-ce que Bernard n'est pas l'ami du docteur aryen ? »

Cette tentative fut un échec. Pis, elle semble avoir été contre-productive. Dans une autre lettre, toujours clandestine, Frieda supplie alors Pierre de ne plus rien entreprendre dans ce sens : « L'ami de Bernard nous a fait du tort, mais il ne faut rien lui dire, ça peut être mauvais pour d'autres. »

Ils sont sans protection, propulsés tout en bas de l'échelle sociale du camp. Frieda raconte à Pierre sa crainte des brimades et des décisions arbitraires des chefs d'escalier qui ont le pouvoir de précipiter leur départ. « Les gens sont si jaloux ici, écrit-elle. Et un simple chef d'escalier peut, par jalousie, tout gâcher. » Et de conclure : « J'ai plus peur des gens d'ici que de ceux du dehors. Quels dirigeants détestables parmi les coreligionnaires. »

Comprenant que leur déportation est inévitable, elle tente de se rendre utile à d'autres. Elle demande à Pierre, toujours lui, que de la nourriture soit envoyée à ceux qui en manquent. Comme à Jacob Szwed, frêle jeune homme de quinze ans, arrivé seul, sans ses parents, et qui est dans le même escalier qu'eux. Ou à Adolphe Buch, veuf sans famille, qui dort dans la même chambre que Kogan. Madeleine leur fera parvenir des colis. Ils seront tous les deux déportés par le même convoi que mes grands-parents. Ils ne reviendront pas.

Petit à petit ils se résignent. Acceptent leur départ. Frieda livre ces tristes mots, probablement à l'intention de Marguerite Teale, le 1er février : « Que vous dire de nous. Nous sommes résignés. Au commencement ç'a été très dur, mais on s'habitue à tout, à la saleté épouvantable, à vivre à 65, à la soupe écœurante. Parfois on ne comprend pas pourquoi et comment nous en sommes arrivés là, mais en général on est dociles et on courbe le dos à tous les événements et même l'idée de la mort ne m'épouvante plus. Arrive ce qui doit arriver. C'est surtout une longue agonie qui nous fait peur. Mais si nous devons partir ne vous tracassez pas tant que ça, espérons que nous nous reverrons un jour. »

Elle libère Pierre de son serment de fidélité. Lui enjoint, à demi-mot, de ne pas l'attendre : « Je pense à toi sans cesse, lui écrit-elle, et je suis malheureuse de te savoir lié à nous. Je voudrais te savoir heureux un jour, je me torture pour toi. Tu sais que tu es libre et il faut que tu vives comme tout le monde. » Kogan fait de même avec Madeleine : « C'est peut-être ma dernière lettre. Mais l'espérance ne me quitte pas. Je te remercie pour les livres et les autres choses. Probablement ils te seront retournés sans être lus, c'est dommage ! En général il y a tellement de choses à regretter, surtout maintenant, mais il faut espérer que tout n'est pas fini pour nous. Ça m'est difficile d'écrire. Je t'embrasse, excuse-moi pour les mauvais moments que tu as passés à cause de moi, et je te remercie pour les bons. Nous avons vu Pierre de loin et j'ai cru que tu étais là aussi, mais ça n'était pas toi. » Cette dernière phrase me déchire. Cet adieu raté auquel elle répondra dans un brouillon de lettre qu'il ne lira jamais : « Je voudrais pouvoir partager ton sort d'aujourd'hui et de demain. Nous nous retrouverons un jour. Je t'attends. »

Durant leur dernière semaine dans le camp, ils furent « consignés » dans leur escalier avec interdiction de descendre dans la cour. Frieda écrivit le 4 février une dernière lettre à tous leurs amis. Elle leur demanda d'envoyer de toute urgence le plus de vivres possible en prévision du voyage : « Chers amis, Cette fois-ci le départ est sûr. Nous avons appris que c'est pour lundi après-midi, en tout cas à partir de lundi après-midi nous serons *consignés et nous ne pourrons plus descendre*. Il faut donc nous envoyer d'urgence avec *toutes* les étiquettes que vous avez, du pain, biscottes, conserves, pas de chocolat (interdit). Nous pouvons emmener avec nous 15 kg d'affaires chacun, le reste nous vous le renverrons. Je ne peux pas dire que nous soyons tranquilles, mais nous gardons notre sang-froid, et espérons des jours meilleurs. Envoyez les colis au nom de chacun de nous, des choses qui peuvent se conserver, surtout pas mal de biscottes. » Puis elle demande « Les manteaux, pourquoi ne nous les avez-vous pas envoyés ? », avant d'ajouter, comme pour elle-même : « Ils nous manqueront beaucoup. »

Je ne sais pas s'ils reçurent quoi que ce soit. Le 4 février 1943 était un jeudi. Ils partirent le mardi suivant. Je doute que leurs amis, si rapides fussent-ils, aient pu réunir tant de vivres en un laps de temps si court, entrecoupé d'un dimanche.

Le 8 février, veille du départ, Frieda écrivit une dernière lettre à Pierre mais qui s'adresse aussi à Madeleine, la liant pour la première fois à leur destin. Elle signa « Ta Frieda », mais l'écrivit au nom de sa mère, de sa sœur et de son mari, eux tous qui s'en allaient.

« Mon cher Pierre,
Nous partons demain matin.
Nous avons du courage,
Nous vous embrassons tendrement
Et penserons toujours à vous deux.
Ta Frieda.
Nous n'oublions pas Hélène,
Les Sious, Sigi, et les autres amis. »

Je pense à ces mots en scrutant les cheveux de mes filles. En passant rageusement l'aspirateur dans la maison après avoir enlevé une à une les bestioles de leurs têtes. Je pense à leur voyage dans le froid du mois de février, sans vivres ni manteaux.

Je suis glacée. Je sais que les poux ne disparaîtront pas, aussi sûrement que leurs lettres ne me quitteront jamais.

Qu'importe. Je sais aussi, parce qu'elles sont là, vivantes, descendantes d'une lignée qui aurait dû s'éteindre, héritières de ces phrases et de ces âmes vaillantes, que jamais elles ne deviendront des pouilleuses de Drancy.

Je pense à mon père également. À ces lettres qu'il n'a jamais lues. Qu'il n'aurait pas pu lire sans s'abîmer davantage. Je pense à la souffrance qui aurait été la sienne s'il l'avait fait. À son sentiment de culpabilité. Celle de leur avoir survécu. Et le manque d'eux qu'il aurait ressenti. Aux souvenirs qui seraient revenus, inévitablement. Des images fugaces, des odeurs, des bruits. Il ne l'aurait pas supporté. Il n'avait pas d'autre choix, pour vivre, que d'oublier d'où il venait. D'étouffer ses voix intérieures.

Moi non plus je n'ai pas le choix. Je dois redonner vie à ces mots oubliés. Et dire à mon père, même s'il n'est plus là pour l'entendre, combien ses parents se sont inquiétés pour lui. Qu'enfermés à Drancy ils se sont torturés, impuissants, à l'idée qu'il puisse subir leur sort. Et qu'ils ont confié à Pierre et à Madeleine la lourde tâche de le protéger, puis celle de les remplacer.

Jacques

Dès leur arrivée à Drancy, ils s'affolent. Dans sa première lettre, Frieda écrit à Marguerite Teale : « Je voudrais que vous et Hélène vous vous mettiez immédiatement en rapport avec Yvonne Ferray et qu'elle prenne le petit. Il ne faut pas qu'il reste là-bas, ni chez vous, parce que ici c'est plein d'enfants et on tient à ce qu'ils partent avec les parents. Il ne faut surtout pas qu'il reste avec vous. » Mon père n'a jamais vécu rue Blanche. Au moment de leur arrestation il était caché chez Hélène Pomiès. Elle vivait rue de la Gaîté, dans le 14e arrondissement. Mais à la lecture de ces lignes, je découvre que Marguerite Teale devait elle aussi le recueillir dans son appartement du 17e arrondissement, rue Pissarro. Ce n'est pas très loin de la rue Blanche. Trente minutes à pied. Quarante-cinq au maximum pour des jambes d'enfant. L'emmenait-elle rue Blanche embrasser furtivement ses parents ?

Il est probable que mes grands-parents craignirent que certaines de leurs affaires, mises sous scellés dans l'appartement le jour de leur arrestation, ne conduisent la police à mon père. Peut-être y restait-il également quelques jouets lui appartenant.

Dans cette même lettre, Kogan, déchiré, écrit à Madeleine : « Madeleine chérie, je n'ai peur que d'une seule chose : que Jacques subisse notre sort. Je n'ai pas perdu l'espérance. J'espère que la vie ne nous sera pas enlevée. Excuse-moi pour la souffrance que je te donne. N'oublie pas l'enfant. »

Mon père dut donc précipitamment quitter Hélène Pomiès. Ce fut une nouvelle séparation. Il ne me parla jamais de cette femme auprès de laquelle il vécut presque une année. Mais je sais, grâce à ma mère, qu'elle fut très importante pour lui. J'ai tenté de mettre un visage sur son nom. Sans succès. Sans doute apparaît-elle sur certaines des nombreuses photos que je possède des Kogan aux Bruyères avant la guerre, où ils posent, souriants, auprès d'autres personnes qui me sont inconnues. Elle doit se tenir droite devant l'objectif. Tout comme Yvonne Ferray ou Marguerite Teale. J'ai comparé certains clichés des femmes présentes sur ces images avec le visage de son frère, Georges Pomiès, l'acteur, dont on trouve quelques portraits sur Internet. Elle reste invisible. J'ai donc décidé qu'elle serait cette femme brune, élégante, les cheveux tressés et retenus en un chignon bas, qui dévoile cependant sa nuque. Il n'y a qu'une seule photo d'elle. Elle se retourne de trois quarts, comme surprise par le déclic de l'appareil.

J'aime la spontanéité de cette image. J'entends la voix de mon grand-père qui l'appelle pour qu'elle se retourne, *Hélène…*

Je me suis procuré son extrait d'acte de naissance. Elle est morte en 1963, dans l'appartement où elle était née. Elle y vécut toute sa vie. J'aime beaucoup le quartier Edgar-Quinet. Sa densité. Ses théâtres de variétés et ses bars d'hôtesses devant lesquels je passais, intriguée, adolescente.

Il y a chez ma mère un vase bleu qui lui appartenait. Il fut cassé et recollé. Quand mon père le récupéra-t-il ? Probablement après sa mort, quand il fallut vider son appartement. Pourquoi choisit-il un objet si anodin ? Eut-il seulement le choix ? Peut-être n'osa-t-il pas emporter un souvenir plus personnel. Ou peut-être l'était-il après tout ? Quand il déposait ses clés sur la commode qui trônait dans l'entrée de l'appartement de la rue du Val-de-Grâce, et sur laquelle était placé le vase, pensait-il à Hélène Pomiès le remplissant de fleurs ?

Que d'objets silencieux ont accompagné mon enfance.

Qui, d'Hélène ou d'Yvonne Ferray, le conduisit chez les Frères des écoles chrétiennes à Igny où il fut caché quelque temps ? Mois, semaines, je n'en sais rien. Mais je sais qu'un jour, sur le quai d'une gare, il fut confié à Madeleine qu'il ne connaissait pas. Elle prit sa main et l'emmena avec elle en Auvergne.

Cette passation, malgré l'affection dont Madeleine enveloppa tout de suite mon père, dut être pour lui d'une grande violence. Personne évidemment ne pouvait prendre le risque de lui dire où ni avec qui il partait. Il dut se sentir trimballé d'un lieu à l'autre, d'une personne à l'autre, sans rien comprendre de ce qui lui arrivait. Quelle terreur devait l'habiter.

De leur côté, enfermés à Drancy, mes grands-parents sont fous d'inquiétude. Dans leur troisième lettre, datée du 18 décembre 1942, Kogan écrit à Madeleine, affolé : « Voilà déjà 2 jours que j'ai reçu ta carte, tu ne me parles pas de Jacques pourquoi ? Tu le vois ? A-t-il un trousseau nécessaire pour l'hiver ? Sa nourriture est-elle suffisante ? C'est pour lui que mon cœur saigne. Tu le vois ? Parle-moi de lui, il ne faut pas que Marguerite le voie. »

Les nouvelles qu'ils reçoivent de lui leur parviennent au compte-gouttes. Et l'interdiction d'écrire plus d'une lettre par quinzaine est une véritable torture. Ils ne savent rien, et imaginent le pire. Frieda, dans une lettre qu'elle envoya à Pierre dans le courant du mois de décembre, lui confie : « C'est si long 15 jours jusqu'au nouveau courrier. Quelle tristesse ce Drancy. » Puis elle lui demande : « Qui s'occupe de Jacques ? Il faut voir s'il a des chaussettes, caleçons, sous-vêtements chauds, il n'a pas son manteau, il n'a pas de gants chauds. Qui s'occupe de lui, qui le voit ? » Elle conclut, dévastée : « Est-ce possible que je le revoie un jour ? Si tu savais comment nous vivons ici. Je repousse chaque fois l'image de Jacques, je n'ose plus croire que je le reverrai, et je tremble de ce qu'il va devenir. Je n'ose pas penser à son visage. » Cette dernière phrase me touche infiniment. Je me rappelle ma difficulté, lorsque mes filles étaient toutes petites, à les laisser partir en vacances loin de moi. Souvent je me refusais à leur téléphoner, pour éviter d'entendre leurs voix, ne voulant pas me confronter à leur absence, devenue soudain trop longue. Je comprends sa volonté de ne pas y penser. C'est une tentative de survie. Le 31 décembre, elle questionne Pierre de nouveau : « Qui s'occupera de Jacques quand Hélène sera partie ? ». Et elle le supplie : « Ne nous laisse pas sans nouvelles, nous en sommes malades. »

Rien ne les apaise. Ils ne comprennent pas toujours ce qu'on leur écrit. « Dis à Pierre qu'il peut écrire moins mystérieusement, demande Kogan à Hélène dans une lettre clandestine, on ne comprend pas ce qu'il veut dire et les lettres ne sont que vaguement censurées. Qu'il nous donne plus de détails sur tout. Tout nous intéresse énormément. »

À chaque échange, leurs mots se cognent et se répètent. Le 18 décembre, dans une longue lettre, Kogan, sans nouvelles ni de Pierre ni d'Hélène, et donc de mon père, implore Madeleine, ligne après ligne, dans une accumulation bouleversante : « Pourquoi nous n'avons pas de réponse de Pierre et Hélène ? [...] Mais pourquoi il n'y a pas de réponse de lui, [...] pourquoi nous n'avons aucune réponse d'Hélène et de Pierre ? [...] Nous sommes fous de ne pas avoir de nouvelles de Pierre. Qu'est-ce que ça veut dire ? [...] Dis-nous. Qu'est-ce qu'il arrive avec Pierre ? Pourquoi on ne nous écrit pas ? Pourvu qu'il n'y ait pas de malheur avec Pierre. »

Elle tente de le rassurer comme elle peut. Elle lui garantit le total dévouement de Pierre : « Pour l'enfant je laisse à Pierre le soin de s'en occuper, lui écrit-elle, car je sens qu'il tient à le garder jalousement pour lui seul. »

Prudente, par crainte du bureau de la censure du camp qui contrôle le courrier qui y entre et en sort, elle fait parfois de mon père une petite fille et l'appelle Jacqueline. « Pierre s'occupe maternellement de Jacqueline », lui promet-elle encore le 25 janvier.

Malgré le désastre de leur situation, si éloignée de leurs préoccupations amoureuses, elle s'inquiète cependant d'une réaction de Frieda si elle entrait en contact avec mon père : « Peut-être Frieda n'aimerait-elle pas que je le voie ? » demande-t-elle à Kogan dans cette même lettre. Ce à quoi il lui répond : « Mon plus grand bonheur serait la libération ou la non-déportation de Frieda pour que Jacques ne reste pas orphelin. » Mais il ajoute : « Les chaussettes et gants que tu veux faire pour moi fais-les pour lui. » Je ne peux m'empêcher de lire en ces mots comme une autorisation muette. Comme s'il lui demandait de jouer un rôle maternel auprès de mon père. De le chérir et de le couvrir comme le ferait une mère.

Le destin de Madeleine se dessina ici. Elle lui répondit par un serment qui s'adresse autant à lui qu'à Frieda : « Si vous le désirez, je suis prête à faire n'importe quoi pour lui. Vous n'auriez qu'un mot à dire pour augmenter son bonheur. »

Quand Frieda comprit que Pierre veillait à la sécurité de mon père, et qu'il était en contact régulier avec lui, elle se calma légèrement. Et l'intérêt que Pierre lui portait l'apaisa. « Je suis heureuse de savoir J en bonne santé et que tu l'aimes. J'avais peur qu'il t'énerve. Je n'ose pas penser à lui quoi que je sache qu'il n'est pas malheureux », lui avoue-t-elle, soulagée, le 13 janvier. Et le 29 janvier elle lui répète : « Je suis heureuse que Jacqueline ne soit pas malheureuse. Je suis heureuse d'apprendre que tu l'aimes. » Avant d'ajouter, comme d'une toute petite voix : « Te parle-t-elle quelquefois de nous ? »

Elle arrive parfois à parler d'autre chose que de l'enfant ou de la faim, prend des nouvelles des uns et des autres. « Je me demande ce que vous devenez », écrit-elle par exemple à Marguerite Teale, « si vous n'avez pas d'ennuis, si vous vous portez bien, si vous avez de l'argent, du chauffage. Nous pensons au mal qu'on vous a donné. Il ne faut pas nous en vouloir, peut-être un jour pourrons-nous vous récompenser de toutes vos gentillesses. »

La santé de Pierre la préoccupe énormément : « Je pense à toi sans cesse, fais attention à ta santé, ne voyage plus beaucoup », le supplie-t-elle le 31 décembre. « Je suis si inquiète. Et l'argent ce n'est pas tout dans la vie. Je voudrais te savoir heureux un jour, je me torture pour toi. » Puis elle ajoute : « Je suis tranquille pour Jacques. Je sais qu'il peut compter sur toi. »

Comme toujours, Pierre est au centre de sa vie. Le seul à qui elle fait confiance, « mon autre moi-même », comme elle l'écrit un jour à Marguerite Teale. Elle sait qu'il tentera tout pour les sauver. Elle et toute sa famille. Et elle devine qu'il agira de même avec mon père. Qu'il ferait même davantage pour lui si elle le lui demandait.

Ce qu'elle fit. Dans sa sixième lettre, non datée, mais probablement envoyée à la fin du mois de janvier, quelques jours avant leur déportation, elle lui écrit ces lignes, solennelles, qui ressemblent à un testament : « Sois un père pour l'enfant, pourvu qu'il ne soit pas avec nous. Sois bon avec lui. Mon seul désir est qu'il ne soit pas malheureux. »

Pierre obéira à sa dernière volonté.

Jacquot

Mon père avait huit ans et demi lors de la déportation de ses parents. Il passa plus d'un an en Auvergne avec Madeleine. À son retour à Paris en septembre 1944, ils s'installèrent chez Pierre.

Ce dernier, dans le même temps, accueillait chez lui, dans ce trois-pièces de la rue Bruller, Esther, la cousine de mon père, et sa mère, Haya, la sœur de Frieda, reconstituant ainsi ce qui restait de leur enfance aux Bruyères. Cachées dans le sud de la France, elles avaient survécu. Elles habitèrent là une année entière, avant de regagner leur ancien logement de Fontenay-aux-Roses.

Jacques Otchakovsky, le jeune frère de Zelman, l'ami de Kogan, que mon père connaissait depuis toujours, passa lui quelques mois rue Bruller après son retour de captivité en Allemagne. Mais il déménagea à son tour et l'oncle de mon père, Georges, qui avait également survécu, ne donnait presque plus de nouvelles depuis qu'il était revenu à Paris.

La solitude de mon père grandit, malgré la présence enveloppante de Madeleine qui le couvait, priait abondamment pour lui, et cousait en secret des médailles de la Vierge dans les doublures de ses manteaux pour éloigner le mauvais œil.

Il grandissait vite. Devint rapidement un adolescent. Sa voix se modifia. Son corps, entraîné par le cross, qu'il pratiquait assidûment, s'étoffa. Il eut bientôt la stature d'un homme, et dépassa Pierre d'une bonne tête. Les choses, entre eux, se gâtèrent.

Mon père supportait de plus en plus mal ce que cet homme, avec lequel il vivait depuis son retour d'Auvergne, lui imposait. Une éducation stricte, rigide et sans effusion d'aucune sorte.

Madeleine restait démunie devant la colère de cet adolescent qui ne faisait que croître, décuplée par le silence de Pierre, dès que mon père tentait d'évoquer avec lui ses parents et ses années avec eux au Vaudoué. Pierre restait muet, lui refusant la moindre information sur cette période. Il le congédiait d'une main impatiente ou d'un mot cassant. Et lorsque mon père se tournait vers Madeleine, elle se mettait à pleurer. Il était emmuré dans un silence qui le rendait presque violent, la puissance de son jeune corps devenant menaçante. Pierre, n'y tenant plus, le mit comme pensionnaire chez les Jésuites, à Reims, en 1949, l'année même de son adoption. Leurs relations ne s'arrangèrent pas pour autant. Une distance entre eux se creusa que rien ne combla jamais. Mon père choisit la médecine, une profession qui ne plaisait pas à Pierre. Il aurait préféré le savoir vétérinaire ou horloger. Il ne le questionnait pas sur sa vie et ses choix. Ma mère ne fit pas exception. Il ne l'aimait pas.

Je n'ai, bien sûr, aucun souvenir de leur mésentente.

Pour moi, Pierre était un grand-père aimant, toujours de bonne humeur. Loin de la dureté qu'il réservait à mon père.

Il était élégant.

L'année de mes six ans, il tomba malade. Ma mère nous avait probablement dit, à mon frère et à moi, qu'il était hospitalisé, mais je ne me le rappelle pas. J'ai un vague souvenir de lui, couché dans son lit d'hôpital, à la fin de sa vie. Il portait un beau pyjama bleu et blanc que j'ai récupéré plus tard et qui est toujours dans l'un de mes placards.

Il s'habillait avec soin. Il arborait des cravates, des costumes sombres avec gilet, et des pochettes colorées. Mon père partageait cette coquetterie un brin surannée.

Il était fin et me paraissait grand. Ce qu'il n'était pas.

La seule photo que je connaisse d'eux réunis a accompagné toute mon enfance. Elle était chez mes parents, posée sur le secrétaire de la salle à manger. Dans un cadre doré avec une marie-louise ovale un peu vieillotte. Mon frère l'a emportée chez lui après le déménagement de la rue du Val-de-Grâce.

Ils sont debout face à l'objectif. Mon père a entre douze et quatorze ans, Pierre doit approcher des quarante. La photo n'est pas datée, mais il possède encore la grâce chétive de la prépuberté, un corps de jeune garçon, des cheveux courts d'écolier et les oreilles légèrement décollées. Ils sont chacun vêtus d'un imperméable clair, froissé, comme s'ils venaient de prendre la pluie. Mon père porte une culotte courte, Pierre un costume croisé à rayures. Ses gants et son chapeau sont dans sa main droite. Son bras gauche est replié, accoudé à une sorte de barrière que l'on devine à peine. Sa main pend mollement, le poignet cassé. Mon père, lui, a ses deux mains posées sur l'avant-bras de Pierre. Pas une main. Les deux qui s'y accrochent. On y lit toute son attente. Son besoin de protection.

Pierre était tout ce qu'il lui restait. Son unique horizon.

Et cette main qui pend. Qui se dérobe légèrement.

Mais elle ne dut pas faire défaut, cette main, quand, après l'école, ils s'en allaient tous les deux gare de l'Est attendre les trains qui ramenaient les déportés d'Allemagne.

Au fond de lui, mon père savait que c'était sans espoir. Avant de s'endormir, il l'avait murmuré quelques fois le soir à Madeleine quand ils étaient en Auvergne en 1944. Elle l'écrira d'ailleurs à son amie Odette Labaume : « Il sait bien ce qui est arrivé à ses parents, mais c'est un secret qu'il n'a dit qu'à moi, pauvre gosse. » Et pourtant. Combien de jours Pierre et Jacques ont-ils attendu, côte à côte, silencieux, scrutant chaque visage qui s'avançait vers eux, espérant qu'il était l'un des leurs ? Combien de silhouettes mon père détailla-t-il, croyant la reconnaître, son corps propulsé vers elle, imperceptiblement, avant qu'il ne s'arrête, comprenant son erreur. Combien en a-t-il frôlées, effrayé par leur maigreur cadavérique, leur démarche difficile et leurs yeux absents ?

J'imagine Pierre légèrement en retrait derrière lui, sa main fermement posée sur son épaule.

Qui des deux tenait l'autre dans ces moments-là ?

Quand Pierre déclara-t-il que cela suffisait ? qu'ils ne reviendraient plus, maintenant ?

Quand cessèrent-ils de se rendre gare de l'Est ?

Mon père y retourna seul encore plusieurs fois, prétextant une étude qui finissait tard, un devoir de français qu'il devait absolument terminer, ou un match de foot endiablé avec des copains, au Petit Luxembourg. Toutes ces préoccupations de son âge, auxquelles il se dérobait, attendant gare de l'Est, puis au Lutetia, refusant d'admettre que ses parents ne pouvaient pas rentrer.

Quand s'est-il résigné ?

Adolescente, il m'emmenait parfois manger une glace ou un gâteau chez Sip. Ce café n'avait pas le charme du Zeyer où nous allions quelquefois, ni celui de la Closerie des Lilas. Il était moins spacieux, moins ostentatoire. On le voyait de loin cependant grâce à son magnifique auvent rose qui a changé de couleur récemment. Il se trouve au carrefour de la rue de Babylone et du boulevard Raspail. Pile en face du Lutetia.

Évidemment il ne me parla jamais de son attente, toujours déçue, devant l'hôtel. Pas plus qu'il n'évoqua la gare de l'Est. Qu'aurait-il pu m'en dire, de toute façon ? « Tu sais, quand j'avais ton âge, je guettais mes parents de l'autre côté de la rue. » Et qu'aurais-je pu répondre, la bouche pleine de tarte aux fraises ? Je me serais retournée, gênée, pour contempler l'entrée du palace, et après ?

C'est Henri qui m'en parla. Henri, l'ami de toute sa vie. Il est journaliste. Les mots sont son métier. À la mort de mon père, je lui demandai de m'écrire un petit texte sur lui. Il s'inspira d'une chanson de Brassens, en changea les couplets et m'y raconta la gare de l'Est.

Il m'apprit beaucoup de choses sur mon père. Il s'accommoda de ma mémoire capricieuse. Me répéta leurs histoires, encore et encore.

Il savait que cela me faisait du bien.

Lui et sa femme, Renée, m'ont rendu sa mort plus supportable. Ils m'en ont consolée avec infiniment de douceur.

Henri venait me chercher à la sortie de mon travail, place Saint-Sulpice, et nous allions nous promener dans Paris, choisissant une expo ou un troquet, avant de rejoindre sa femme et de sortir dîner tous les trois. Son rire, tonitruant, résonnait autour de nous. Il était un baume miraculeux.

Renée, qui avait des talents de détective, lut toutes les lettres après moi. Elle corrigea la lecture que j'en avais faite, fit des recherches, émit de nombreuses hypothèses, qui souvent s'avérèrent. Nous sommes allées à Drancy toutes les deux, « visiter » la cité de la Muette. Nous avons bu un Perrier dans le café en face et qui existait déjà pendant la guerre. Le musée du Camp n'était pas encore construit. Seul, à l'entrée de la cour, se trouvait un wagon à bestiaux, comme celui dans lequel furent déportés mes grands-parents, accompagné d'une plaque commémorative. Je m'étonnai de l'architecture en U de la cité, inchangée depuis leur internement. Ce sont les mêmes bâtisses, basses, et la même cour en son centre. Le béton y a bien sûr remplacé la boue, et de nombreuses familles, pour la plupart immigrées, y vivent dans de petits appartements.

Plus tard, le magasin de Pierre se trouva rue de Sèvres. C'était une boutique de mode comme il y en avait beaucoup dans cette rue au milieu des années 1960. Du prêt-à-porter, qui ressemblait plus aux confections des petits tailleurs de quartier qu'à celles des grandes enseignes vestimentaires que l'on connaît aujourd'hui. On y retouchait les vêtements à la demande. Ourlet, taille trop large ou trop juste. La boutique s'appelait Corolle, comme les poupées lisses et roses de mes filles. C'était un magasin très convenable, qui habillait les bonnes familles du quartier de mère en fille. La clientèle y était fidèle, bourgeoise et catholique. Le service impeccable. Pierre, toujours assisté de la même éternelle demoiselle, qu'il aurait rêvé de faire épouser à mon père, y vendait surtout des pulls, pour la plupart en cachemire, des manteaux et des jupes. L'été, on y trouvait tout un choix de maillots de bain, uniquement des deux-pièces, en tissu piqué et à jupette, mais bien en dessous du nombril. Ils permirent à de nombreuses adolescentes bien nées de dévoiler leur corps sur la plage avec la bénédiction de leurs parents. J'ai longtemps cru qu'il se tenait à la place de l'actuelle Maison du chocolat. En réalité il se situait un peu plus bas dans la rue, à la place de l'actuel Derhy, accolé à Jacqueline Andrée, une affaire concurrente. Les produits y étaient moins chers, mais de moins bonne facture. En face de Corolle, à l'angle avec la rue des Saints-Pères, se trouvait Marie-Martine, beaucoup plus à la mode. Les jouvencelles du 6e et du 7e arrondissement rêvaient de s'y habiller depuis qu'elles avaient lu, dans je ne sais quel magazine, que Brigitte Bardot s'y était offert une tenue.

Ma mère, à la demande de mon père, s'était acheté une robe chez Corolle, peu de temps après leur rencontre, au début des années 1970. La mode n'était plus à la jupe en dessous du genou ni à la messe le dimanche matin. Mai 1968 et la liberté sexuelle étaient passés par là, ce qui ne lui avait pas échappé. Elle avait brûlé ses soutiens-gorge depuis longtemps. Elle l'essaya seins nus. Pierre en fut horriblement choqué et ma mère enchantée.

J'ai encore un pull de chez Corolle. Un cachemire beige magnifique que mon père me donna vers mes seize ans. Il était assorti à un gilet, large, que j'ai beaucoup porté, avant qu'il ne disparaisse dans le vol de ma valise, un hiver, au retour d'Espagne. J'en fus longtemps inconsolable.

Pour ses clientes, Pierre était Monsieur Corolle. Ce surnom me désespère pour lui. Du temps de sa jeunesse chez les Kogan, il souhaitait être peintre et côtoyer des artistes. Il voulait vivre de son art et que son nom s'impose au monde entier. Il devint commerçant pour élever mon père et honorer la promesse qu'il avait faite à Frieda. Quelle humiliation cela dut être pour lui, cette vie cossue, à ras du sol.

Combien de fois Pierre imagina-t-il des retrouvailles en passant devant l'hôtel Lutetia, bien après qu'il eut cessé d'être un centre d'accueil ? Y songeait-il en prenant son café, chaque matin, avant de commencer sa journée, dans le troquet qui fait l'angle, en face de la piscine du palace qui fut fermée au public dans les années 1970 ? Ou en remontant le boulevard Raspail, le soir, pour rentrer chez lui ?

Il se sera vu les ramener rue Bruller. Il aurait eu le temps de téléphoner à Madeleine et à Jacques qui les auraient guettés devant la porte, attentifs au moindre bruit provenant de l'escalier.

Rue Bruller, il n'y avait pas d'ascenseur. Je me suis souvent demandé, en grimpant vers mon petit studio du sixième étage, où j'ai vécu quelques années après avoir quitté la rue du Val-de-Grâce, si Kogan et Frieda auraient eu la force de se hisser jusqu'au troisième, où Pierre, Madeleine et mon père vécurent ensemble avant que celui-ci devienne pensionnaire à Reims.

Mon père s'y installa lorsque Pierre et Madeleine prirent leur retraite et qu'ils déménagèrent à Vaucresson. Il acheta l'appartement du dessus, au quatrième étage, formant ainsi un duplex dans lequel je vécus mes huit premières années. Je l'adorais. Une balançoire colorée était accrochée à l'entrée de l'appartement, et un énorme ficus, qui grimpait au plafond, habilla le salon, puis la chambre de mon frère.

Pierre et Madeleine venaient souvent nous voir. Ils n'approuvaient pas beaucoup les méthodes éducatives de mes parents, surtout Pierre, qui aurait préféré nous savoir élevés au grand air plutôt qu'à Paris. Pourtant, ce coin du 14e arrondissement, avec ses larges avenues et la proximité du parc Montsouris, m'a toujours semblé vert et désert, comme pourrait l'être un quartier tranquille d'une banlieue arborée.

Je pense à ce deuil que ni Pierre ni Madeleine ne réussirent à faire. À l'union qui fut la leur. À l'étrangeté de cette union. À sa beauté également. Ils ne partagèrent pas la même couche. Ne s'aimèrent jamais charnellement. Ils se vouvoyèrent toute leur vie, s'adressant l'un à l'autre avec cérémonie, maintenant une certaine distance entre eux. Ils se marièrent, tard, dans le milieu des années 1950, par fidélité à leurs amants défunts, pour respecter la promesse qu'ils leur avaient faite avant leur mort, de protéger leur fils, de l'aimer et de le chérir comme s'il avait été le leur. Ils auraient pu renoncer. Refaire leur vie, chacun de son côté. Mais mon père fut leur centre. Pierre lui donna tout ce qu'il possédait, lui offrit, à défaut de tendresse, la meilleure condition matérielle possible. Madeleine l'aima passionnément, avec la même intensité qu'elle aima son père en son temps. Il fut sa source de vie.

Je pense à ce que nous leur devons, Thomas et moi, malgré leur silence qui nous a tant encombrés l'un et l'autre. À l'amour qu'ils nous ont donné, inconditionnellement.

Et que nous avons tenté de leur exprimer en retour, en les faisant reconnaître comme Justes parmi les nations.

La cérémonie se tenait dans l'auditorium du Mémorial de la Shoah. C'était au mois de février 2012, par un beau jour d'hiver, glacial et dégagé. Nous avions donné rendez-vous aux invités dans un bistrot, tout proche du Mémorial, au pont Louis-Philippe. J'adore ce café d'un autre temps, qui ressemble aux fêtes foraines des tableaux de Renoir, décoré de lampions. Des petits groupes de personnes se formaient spontanément, heureuses de se retrouver ou de se découvrir. Quelques anciens déportés, habitués de ce genre d'événements, étaient présents. Aimé Polianski, l'un des neveux de Pierre, et son épouse, prévenus par ma mère, étaient venus également. Henri et Renée bien sûr.

Ma mère portait des bottines rouges. Je lui étais très reconnaissante de cette tenue vivante, de l'émergence de cette gaieté, aussi soudaine qu'inattendue dans cette journée par ailleurs si solennelle.

Lors de la cérémonie, Thomas prit la parole. Il avait préparé un discours émouvant, à son image. Il pleura en le lisant, en évoquant notre père, et en remerciant Pierre et Madeleine de leur serment. Il ne fut pas le seul à verser des larmes. Ce fut un beau moment.

On nous remit la médaille des Justes et le certificat de Yad Vashem, nom du mémorial israélien créé dans les années 1950 en souvenir des victimes juives de la Shoah. Lui seul a le pouvoir de reconnaître et de distinguer les Justes. Pour les recevoir, je montai sur l'estrade à côté de Thomas. Philippe me suivit. Une belle photo de nous a été prise à ce moment-là. Nous sourions tous les trois. Je suis entre eux, les tenant chacun par l'épaule. Je me souviens de ma joie. De ma fierté d'être là, pleinement présente à cet instant, entre mes deux frères. Mon frère jumeau et mon frère d'Amérique.

J'avais appris l'existence de Philippe quelques mois après la mort de mon père, lors de mon premier voyage en Israël avec ma mère et mon frère. Un soir, dans un kibboutz à la frontière du Liban où nous allions passer une nuit, au début de notre séjour, ma mère nous révéla l'existence de cet autre frère, plus âgé, que mon père avait eu très jeune et dont il n'avait pas voulu s'occuper. À cette annonce je me mis à pleurer. Non de tristesse ou de déception. Je me doutais bien qu'il y avait eu de nombreuses femmes dans la vie de mon père. J'imaginais souvent que j'avais des demi-frères et sœurs cachés quelque part. L'apprendre ne me surprit pas vraiment. Non, je pleurais sur cet enfant qui n'avait pas eu la chance d'avoir le même père que moi, aimant et protecteur. Sur cette rencontre dont il fut spolié, et qui, pourtant, lui revenait de plein droit. Je pleurais sur sa solitude, son inévitable sentiment d'abandon. Et sur l'histoire qui se répète. Sur ce constat déchirant que les enfants perdus font souvent, à leur tour, des enfants perdus. Mon père était trop encombré de lui-même, trop douloureux pour offrir à Philippe autre chose qu'une place manquante. Comme mon père avant lui, il fut élevé par un autre homme. Qui, comme Pierre, lui donna son nom mais ne lui épargna pas sa rudesse.

Il était le seul de sa famille à avoir les yeux bleus, ce qui l'interrogeait. Il se sentait différent, un peu à la marge, incompris, malgré un petit frère adoré qui répara beaucoup, mais qui mourut trop tôt. Adolescent, il ne se doutait pas qu'il était un enfant illégitime. Il le sut tard, et par hasard, devant la brutalité d'un document administratif où, jeune adulte, il lut pour la première fois qu'il avait été reconnu par cet homme quelques mois après sa naissance.

Il partit loin pour construire sa vie. Il devint journaliste dans un grand hebdomadaire et fonda en Amérique une famille merveilleuse.

Mon père le rencontra deux fois. À dix ans d'intervalle. Il refusa de jouer un quelconque rôle paternel auprès de lui, ce que Philippe ne lui demandait d'ailleurs pas, mais il était fier cependant de cet enfant brillant qui démarrait une belle carrière.

Jamais je n'entendis mes parents parler de lui. Mais ma mère me raconta que, entre eux, ils l'appelaient souvent « le jeune homme ».

Je le rencontrai une après-midi d'été dans un café du boulevard Montparnasse. J'étais très intimidée, il l'était tout autant je crois. Il connaissait déjà Thomas qui était allé le voir à New York, ce qui facilita le début de notre conversation. Nous parlâmes longtemps de nos vies, dans un mélange de pudeur et d'incrédulité. Il me semblait fou de me retrouver en face de cet homme inconnu qui me paraissait pourtant proche. Je le dévisageais, cherchant dans ses traits nos ressemblances ; et celles qu'il avait avec mon père : ses yeux, bleu-gris, un peu tristes, et la même expression du visage lorsqu'il commençait à rire. Son haussement d'épaules également. C'était doux de le découvrir.

Nous nous revîmes ensuite tous les trois, Philippe, Thomas et moi. Je garde de nos premières soirées ensemble un souvenir brûlant, d'une grande intensité. Nous nous retrouvions le plus souvent dans les appartements où logeait Philippe quand il était de passage à Paris. Chez ses copains du journal, ou chez des amis de Nathalie, sa femme, qui leur organisaient de grandes retrouvailles gaies et bruyantes. Lorsque nous étions seuls tous les trois, nous parlions jusque tard dans la nuit, buvant et fumant beaucoup. Mon père était souvent au centre de nos discussions, mais les Kogan l'étaient davantage encore. Ils étaient notre point commun. Aucun de nous ne les avait connus. Et aucun de nous ne porterait leur nom. Nous avons eu le même père en cela. Le même héritage. Nous portons tous les trois un nom que nous n'aurions pas dû porter. À chacun de nous il a légué ce leurre, ce double-fond dissimulé sous notre apparente histoire sociale.

Nous avons raté des choses avec Philippe. Nous l'avons blessé par négligence et légèreté. Mais nous étions bien une fratrie ce jour de février, tous les trois réunis au Mémorial de la Shoah pour célébrer les de Lattre. Chacun de nous y avait sa place.

J'aime à penser que c'est grâce à notre union que les noms de nos quatre grands-parents sont enfin réunis. Et ce malgré mes réticences. J'en voulais à Pierre et Madeleine d'avoir, après la guerre, privé mon père de son identité juive en lui refusant toute parole à ce sujet. Mais Thomas, grâce à sa tendre détermination, sa certitude quant à la nécessité de notre démarche, trouva les mots. Et Philippe, par son enthousiasme, sa curiosité débordante, acheva de me convaincre de continuer.

Aujourd'hui leurs quatre noms sont inscrits sur les murs du Mémorial, comme s'ils partageaient la même tombe. Ceux de Frieda et Kogan sont gravés à l'intérieur du musée, sur le Mur des Noms, qui rassemble l'identité des 76 000 Juifs déportés de France. Ceux de Pierre et Madeleine sont à l'extérieur de l'enceinte. Sur le Mur des Justes. J'aime l'idée qu'ils soient à l'entrée du musée, tels les gardiens silencieux et fidèles qu'ils furent toute leur vie.

Petite, je passai souvent mes week-ends dans la maison de campagne de mes grands-parents maternels, près de Vernon.

Ce que j'adorais retrouver là-bas, tels de bons compagnons fidèles, c'étaient les vêtements d'enfants de mes oncles et tante. Leurs robes de baptême déchirées et jaunies par le temps, les capes en grosse laine, aux couleurs éteintes, qu'ils avaient dû porter l'hiver, à la fin de la guerre.

Quelques années plus tard, lorsque mon père nous emmena voir le film *Au revoir les enfants*, je retrouvai ces mêmes vêtements, les capes d'hiver, que portent les deux héros au-dessus de leurs culottes courtes, les hautes chaussettes montantes.

En voyant ces images, je compris que mon père avait été ce petit garçon-là, plus jeune encore que ceux du film, apeuré et seul parmi d'autres enfants qui ne savaient rien de son identité. Et qui ne devaient surtout pas la deviner.

J'ignore tout de son passage chez les Frères des écoles chrétiennes, à Igny. Il ne m'en a jamais parlé. Mais il est certain qu'il y prit un nom d'emprunt. Sans doute Delattre.

En août 1943, Pierre fit établir à la mairie de Nancy un faux acte de naissance pour mon père, où il le déclara pour la première fois comme son fils. Jacques Paul Delattre, né de Pierre, Émile Delattre et de Simone, Hélène Lemaire, son épouse. Aucune autre information n'y figure. Ni la date ni le lieu de naissance des supposés parents. Je ne sais pas qui était cette Simone, ni si elle exista vraiment.

Ni quel fonctionnaire courageux, malgré les insuffisantes informations présentes dans ce document, y apposa le tampon officiel de la mairie, sauvant par ce geste la vie de mon père.

Je sais juste que cette chronologie est absurde. Kogan et Frieda étaient déjà morts quand ce document fut signé. Et mon père, les espérant tous les jours, était caché en Auvergne avec Madeleine, dans un lieu-dit près de Saint-Flour, à Chilhac. Il nous y emmena une fois. Je devais avoir quinze ans. Il faisait ce jour-là une chaleur écrasante. Je garde le souvenir d'un petit village, quelques maisons qui s'alignaient le long d'une rue étroite. Elles me semblèrent très vieilles. Leurs fenêtres étaient minuscules. Devant l'une d'elles, au début de la rue, mon père s'arrêta. Il colla son front contre l'un des carreaux, essayant de deviner l'intérieur. Je l'imitai, mais le verre était trop épais. On ne distinguait que des formes floues. Il dit cependant d'une voix basse, comme s'il se parlait à lui-même : « C'est ici. » Puis il répéta ces mots, plus haut cette fois. Il dut toquer à la porte, mais personne ne répondit. Nous croisâmes un vieil homme dans son champ. Mon père s'arrêta et lui raconta qu'il avait été caché là durant la guerre. Lui demanda s'il s'en souvenait. L'homme sourit mais ne dit pas un mot. Mon père n'insista pas.

J'ai des photos de cette période, où on le voit avec Madeleine, se baignant, ou jouant au ping-pong sur une grande table en bois. Sur d'autres encore, il pose crânement près de deux ou trois enfants qui durent être ses copains, à l'époque.

Il a un visage d'ailleurs. Fin. Ses pommettes sont hautes, ses dents légèrement avancées. Il semble châtain clair. Il porte une culotte courte, un béret et des sandales d'été. Il rit, paraît heureux.

Il dut, lui aussi, avoir une cape en hiver pour aller à l'école, jouer aux billes et se marrer. Comme les autres. À la différence qu'il portait un nom qui n'était pas le sien et qu'il oubliait chaque jour un peu plus le visage de ses parents. À la différence également que les maîtres d'école pouvaient demander aux plus petits comment s'appelait papa et s'il était juif. Et qu'il comprit que, parfois, des hommes ou des femmes de Dieu, oubliant leur sacrement et le fondement de la religion catholique, pouvaient, lors d'un contrôle de police, condamner un enfant comme lui à une mort certaine par un imperceptible mouvement de tête.

Et au revoir les enfants.

Adolescente, face à notre mésentente croissante et à mes mauvais résultats scolaires, mes parents m'ont mise en pension.

Nous l'avions décidé ensemble. J'étais heureuse de quitter la cellule familiale et de mettre fin, même provisoirement, à nos trop nombreuses disputes. J'étais aussi très fière de cette indépendance toute neuve, où pendant cinq jours d'affilée je n'avais plus de comptes à leur rendre.

L'internat se trouvait en banlieue parisienne, à Vaucresson, dans la ville où Pierre et Madeleine passèrent la fin de leur vie, tout près de l'hôpital de Garches où mon père dirigeait un service.

Il m'accompagnait à l'école le lundi matin et venait me chercher le vendredi soir pour me ramener rue du Val-de-Grâce.

Mes parents avaient eux-mêmes été internes. Ma mère en gardait plutôt un bon souvenir malgré un rejet tenace pour la religion catholique. Mon père était plus mitigé. Me mettre en pension à mon tour lui était difficile.

En septembre 1945, il est entré à Paris au collège Montaigne sous le nom de Kogan. Il y resta jusqu'à la fin de l'année scolaire 1948. En octobre il entra au collège Stanislas, à quelques rues de là. Il avait changé de patronyme pendant l'été et s'appellerait dorénavant Jacques de Lattre.

Il passa son lycée pensionnaire, chez les Jésuites, à Reims.

Quand Pierre l'y amena et rentra à Paris sans lui, mon père s'enfuit et regagna l'appartement en train.

Pierre, prévenu par l'établissement, l'attendait. Il le ramena aussitôt. Mon père ne s'enfuit plus par la suite. Il ne fut pas malheureux à Reims. Il y passa tout son lycée, apprit à planter des peupliers, à s'habiller en moins d'une minute pour être présent à l'appel du matin, et à coudre, ce qui lui servit, plus tard, pour réparer les voiles de ses bateaux.

Il disait souvent que grâce aux Jésuites il avait pu se dépasser et apprendre à aimer apprendre. Que c'est grâce à eux qu'il put intégrer médecine et s'autoriser à croire en une vie très éloignée de sa condition sociale de naissance. Il en éprouvait de la reconnaissance.

Non, il n'y fut pas malheureux. Mais tous les soirs de ma première semaine de pension, il vint m'attendre à la fin des cours. Sans me prévenir. Il faisait encore beau, l'été s'étirait et je le trouvais là, dans la chaleur de la fin de journée, au volant de sa Coccinelle noire décapotée. Il voulait s'assurer que j'allais bien. Muet, tendre et solidaire de ma nouvelle solitude, en ce début d'année scolaire loin de chez moi.

Pierre n'était sans doute pas préparé à élever un adolescent. Il subvint à ses besoins, lui donna une instruction sérieuse et lui offrit la possibilité de faire des études supérieures. Mais l'accompagner affectivement, lui parler et l'écouter, supporter ses colères, ses questions et le désordre de sa toute jeune vie, envahissante, il en était incapable. Et c'est peu dire que communiquer avec les enfants n'était pas dans l'air du temps au début des années 1950.

Pierre a obéi à Frieda. Il a tenu la promesse qu'il lui avait faite, quand elle était encore à Drancy, « d'être un père pour l'enfant ».

Il l'a caché, mis à l'abri des Allemands, en Auvergne avec Madeleine. Il l'a ramené à Paris après la Libération et l'a accueilli chez lui.

Je relis l'acte d'adoption. En décembre 1945, mon père passe sous la tutelle de Pierre avec l'accord de Georges et de Haya, frère et sœur de Frieda, qui survécurent. Ils y déclarent que Frieda comme Kogan voulaient que Pierre devienne le tuteur de mon père s'il leur arrivait malheur.

C'est la première étape.

Le 15 septembre 1948, Pierre l'adopte. Le conseil de famille, toujours constitué ce jour-là par Georges et Haya pour représenter Frieda et par Hélène Pomiès et Jacques Otchakovsky en lieu et place de Kogan, renonce à l'ensemble des droits parentaux à son profit. Mon père a presque quinze ans.

Pierre l'a aimé, c'est certain, il a fait du mieux qu'il a pu pour un homme de quarante ans qui n'avait pas eu d'enfants et n'en avait sans doute jamais voulu.

Et bien sûr, il lui a sauvé la vie.

Mais je ne peux m'empêcher de penser, malgré tout ce que je lui dois, qu'il n'a fait que cela. Il lui a juste sauvé la vie.

Il lui a donné son nom et tous ses biens. Mais en lui interdisant son enfance. En lui refusant toute parole sur cette période. Il lui a sauvé la vie, mais au prix d'un silence assourdissant que mon père n'a pas su rompre avec nous, l'enfermant dans une solitude terrible.

Les Kogan étaient des immigrés sans beaucoup de ressources, dans un pays dont ils maîtrisaient mal la langue et la culture. Ils devaient avoir des difficultés à se débrouiller administrativement. Pierre était riche, instruit et généreux. C'était un monsieur qu'ils devaient beaucoup respecter.

Comment Georges et Haya, seuls survivants de la famille Mandelstam, qui eux aussi tentaient de se reconstruire, auraient-ils pu aller contre sa volonté et celle de leur défunte sœur quand Pierre a souhaité devenir le tuteur de mon père ?

Ils n'ont pas dû hésiter longtemps. Ont-ils seulement pensé qu'ils avaient le droit de s'y opposer ? Ils ont dû se persuader qu'avec Pierre mon père aurait une vie qu'ils ne pourraient jamais lui offrir. La possibilité de s'assimiler, de faire des études et de devenir un vrai Français à son tour. Un vrai bourgeois, au passé insoupçonnable et à l'abri du danger.

Et Pierre et Madeleine ? Je comprends aussi leur silence, leur détermination à ne pas parler, à oublier cette période de leur vie, trop douloureuse. À l'enfouir en eux pour y survivre. Mais mon père avait besoin de réponses. De mots auxquels se raccrocher. Il n'en a pas eu. Ou très peu. Il y a bien ce court certificat que Pierre dut rédiger quand mon père était un jeune adulte, attestant qu'il avait connu et fréquenté les Kogan pendant vingt ans, aux Bruyères, dont ils furent les propriétaires jusqu'en 1941.

Ce document était destiné à faire reconnaître la déportation et obtenir quelques indemnités relatives au vol des biens, notamment les tableaux de Kogan.

Mais c'est tout. Il n'y eut pas, à ma connaissance, d'autres échanges entre eux à ce sujet.

Quand Pierre est tombé malade, il a pourtant, peu de temps avant sa mort, promis à ma mère que, quand il sortirait de l'hôpital, il enregistrerait des cassettes où il raconterait tout. Il est mort quelques jours plus tard sans avoir rien dévoilé.

Je sais que notre vie aurait été différente s'il avait parlé. Je lui en veux d'avoir attendu le dernier moment, et de l'avoir raté, pour libérer une parole qui nous était due. En mourant silencieux, il nous a privés d'une partie de notre histoire et nous a condamnés, mon père en premier lieu, mon frère et moi dans son sillage, à nous cogner longtemps dans l'existence.

Madeleine non plus n'a rien dévoilé de ce secret. Elle est pourtant morte quelques années après lui, et avait une relation avec mon père bien plus douce et proche que celle de Pierre. Elle avait toute latitude pour le faire. Elle était très souvent chez nous, ou nous chez elle. Elle passait tout l'été avec nous en Bretagne. Elle aurait pu lui parler.

Je téléphone à Aimé Polianski, un des neveux de Pierre, fils de sa sœur Renée, pour qu'il me parle de son oncle.

Sa voix est traînante et douce. Il n'a rien de particulier à me dire.

Il le connaissait d'assez loin, n'a que peu de souvenirs de lui. L'appelle « mon oncle Pierre ». Lui, ses frères et sa sœur ont été placés en pension très jeunes. Leur mère, Renée, peintre elle aussi, ne pouvait plus subvenir à leurs besoins après la mort de son mari en 1947. Pierre s'en chargea.

Leur père était un artiste de l'Est, russe ou polonais. Peintre et poète, plus âgé que leur mère. Il est né la même année que Kogan. Le couple se rencontre dans une galerie et s'installe aussi près de Fontainebleau, à Recloses.

Ils ont quatre enfants entre 1934 et 1947. « Ils ont été très heureux. » Aimé, le bien nommé, est le plus jeune. Il ne connaîtra jamais son père, mort trois mois avant sa naissance. Je n'ose lui demander comment.

Dans certaines lettres, Frieda évoque Renée. Elles se voyaient souvent, en voisines, chez l'une ou chez l'autre. Pierre a trois ans de plus que sa sœur. Il se préoccupe beaucoup d'elle. Elle l'énerve. Frieda le calme comme elle peut. Elle aime bien Renée. La défend. Elle écrit à Pierre la déception de celle-ci d'avoir dû renoncer à un atelier de la rue Paul-Féval dans le 18e arrondissement. Pierre semble contrarié à ce sujet. Peut-être partageaient-ils un atelier tous les deux ? Est-ce lui qui l'a forcée à changer de lieu de travail ?

Au téléphone son fils ne me parle pas de la fragilité psychique de sa mère, que la mienne, pourtant, a souvent évoquée.

De Pierre précisément, il ne sait pas grand-chose. Il ne détaille rien de son enfance, de sa relation avec sa mère. « Elle était normale, je crois. » Il ne me dit rien de l'originalité qu'il y avait pourtant, à l'époque, pour une jeune fille de bonne famille du Nord, à tomber amoureuse d'un poète russe sans le sou. Rien de ce goût partagé qu'ils avaient, le frère et la sœur, pour les amours exotiques et ce besoin d'ailleurs. De cette liberté de vivre et d'aimer. Ses mots sont retenus. Il répond à mes questions mais ne développe rien. Cette conversation est légèrement décalée, comme en apesanteur. Il me rappelle les héros de Modiano, jamais vraiment présents. Il me dit cependant qu'avant de mourir Pierre a voulu lui parler. Et que Madeleine s'y est opposée.

« Elle a fait barrage », précise-t-il. Madeleine la douce aurait fait barrage ?

Pierre mourant n'aurait plus eu, selon elle, de comptes à rendre à personne. Mais de quel droit a-t-elle décidé cela ?

Mon père était daltonien. Il voyait grises presque toutes les couleurs. Enfant, j'adorais le questionner sur ce qu'il voyait, lui montrer une cravate violette ou une veste verte et l'entendre, presque invariablement, me répondre : « grise ». Il le faisait un peu exprès bien sûr, créant ainsi une connivence entre nous. Mais grâce à ça, j'étais devenue celle qui assemblait ses pantalons et ses vestes le matin avant qu'il parte travailler.

Il m'appelait du fond du couloir, me demandant de venir voir si « cela allait ensemble ». Je prenais mon rôle très au sérieux. Un matin, l'année de mes vingt ans, il m'appela comme à son habitude. Mais ce jour-là, pas de cravate dans la main ni de veste moutarde difficile à assortir. Juste son regard bleu, affolé. « Regarde, me dit-il, regarde bien. Tu ne vois rien ? Rien d'anormal dans mon œil ? » Malgré cette demande tout à fait inhabituelle, je ne vis rien. Je compris, bien sûr, qu'il ne s'agissait pas d'un jeu, mais je l'espérais néanmoins. « Tu ne vois rien ? Vraiment ? Mais mon œil est jaune, l'autre aussi, regarde bien. » En me penchant un peu plus vers lui je constatai qu'effectivement ses yeux étaient plus jaunes dans le blanc, comme un peu sales. « Alors tu vois ! C'est mon foie, je le sais, c'est mon foie ou mon pancréas, quelque chose ne va pas. »

Mais comme mon père avait une fâcheuse tendance à prévoir le pire, je lui dis d'aller se recoucher et de me laisser tranquille avec cette énième catastrophe annoncée ou, mieux encore, de faire une prise de sang pour se tranquilliser (et nous foutre la paix). Ce qu'il fit.

Ainsi débuta le cancer de mon père.

Vers mes trente ans, je suis allée voir *Le Jardin des Finzi Contini*, qui repassait aux 7 Parnassiens. C'était en milieu d'après-midi. Aller au cinéma en pleine journée a toujours été pour moi comme faire l'école buissonnière. Un plaisir vif. J'y suis souvent allée seule le mercredi après-midi, vers treize ou quatorze ans, plutôt que de jouer au basket. J'y ai vu un grand nombre des navets de la fin des années 1980.

La beauté merveilleuse de Dominique Sanda n'est pas du même registre. Le film non plus. Mêlées à la poésie de la langue italienne, les longues séquences que le cinéaste pose sur le jardin et le visage de son héroïne sont presque hypnotiques.

À la dernière scène elle apparaît sur le court de tennis, allant au-devant d'une balle invisible, magnifique dans l'éclat de sa grande jeunesse, le regard droit encore plein d'espoir.

C'est dans cette scène qu'on entend le Kaddish.

Au son de la voix déchirante de l'homme, mon amie Vanessa, qui était avec moi, me prit la main et ne la lâcha pas tant que dura le chant. Il nous pénétra tout entières.

C'est cette même prière que ma mère avait fait entendre dix ans plus tôt, le jour de l'enterrement de mon père, et que j'avais entendue là pour la première fois.

Par ce geste, précédé du faire-part sur lequel elle écrivit, noir sur blanc, publié dans un quotidien, pour que tout le monde le lise, que mes grands-parents étaient morts en déportation et n'avaient pas eu de tombe, elle m'ouvrit la voie. Elle rendit la transgression possible. Elle m'offrit la possibilité de dire l'histoire de mon père, de trahir son secret et de rompre le silence. Il était mort. Et il était juif. Il n'y avait plus aucun mystère là-dedans.

À moi maintenant de m'emparer de ma filiation.

Il m'aura fallu plus de vingt ans pour l'écrire, mais je sais que sans ce chant déchirant qui résonna sur les murs de l'église Saint-Jacques-du-Haut-Pas ce matin de décembre, sans l'intelligence de ce prêtre qui permit à ma mère de choisir les textes qu'elle voulait pour la cérémonie sans tenter de lui imposer un psaume ou un évangile quelconque, aucune de ces pages n'aurait été possible. Aucune.

Il n'a pas été déporté. Ai-je le droit à la parole ? Ma génération n'est même pas celle des survivants. Mais la suivante. Pourquoi souffrirais-je de la Shoah ? Quelle difficulté aurais-je à vivre avec une histoire si ancienne ? 16 % de la population française ne sait même pas que les camps ont existé. Et moi j'y pense tous les jours. Parfois j'en rêve. Comment exprimer cela, le faire comprendre, même à des proches ? Comment raconter le secret qui a accompagné mon enfance et mon adolescence ? Comment expliquer que parfois ce refus de parole me fait me sentir apatride et sans racines ? que mon nom est un nom d'emprunt et que si je gratte en dessous il n'y a presque rien ?

Quand Julien, à la naissance de notre première fille, revenant de la mairie où il était allé déclarer l'enfant, me confirma qu'elle ne portait que son nom, je me sentis bien. Mon beau-père, qui assistait à cette scène, ne comprit pas pourquoi nous ne lui avions pas donné nos deux patronymes.

« Tu as un beau nom pourtant », ajouta-t-il.

Comment lui faire comprendre que ce nom n'était pas le mien, n'est pas celui que j'aurais dû porter ? Lui avouer que, si beau soit-il, il ne sera jamais, jamais celui de mes enfants ? Que j'aimerais qu'il s'éteigne avec moi ?

Avant de mourir, mon père a dit à ma mère qu'il ne voulait pas que mon frère et moi reprenions son nom d'enfant. « Fais en sorte qu'ils ne reprennent pas mon nom », lui demanda-t-il.

Il a réussi. Je ne le porterai pas.

De Lattre. Longtemps je n'ai pas corrigé les gens lorsqu'ils l'écorchaient, l'écrivant attaché et avec un seul t. « Ah tu t'appelles Delacre, comme les gâteaux ? » Je souriais bêtement.

Mon premier patron ne l'a jamais écrit correctement. Il le collait toujours. Un jour où je me trouvais dans son bureau pour signer un avenant, il me tendit le document à relire. Là encore, il était attaché. Je lui en fis la remarque. Il s'excusa et me demanda si je connaissais Untel ou Untel, homonymes faisant partie de ses relations bien nées.

J'esquivai, ne pouvant pas lui répondre. Je n'avais pas encore compris, à l'époque, à plus de vingt-cinq ans pourtant, qu'il vaut mieux dire non, tout simplement. Non, je ne les connais pas.

Je bafouillais et rougissais. Je ne voulais pas lui avouer que je ne connaissais personne du même nom que moi à part ma mère et mon frère, que ma lignée s'arrêtait à mes grands-parents qui n'étaient pas mes vrais grands-parents. J'eus honte.

Devant mon trouble, il changea de sujet.

Quelques jours plus tard il me rendit le document signé de sa main. Mon nom y était toujours attaché.

Je ne l'ai pas corrigé.

Lorsque durant l'hiver 2005 fut inauguré le Mur des Noms au Mémorial de la Shoah, je suis allée faire la queue pour le voir, avec mon compagnon. Nous avons attendu longtemps avant de pénétrer dans l'enceinte du musée. Il faisait froid et il fallait passer toutes sortes de contrôles, portes et vérifications des sacs. Comme dans un aéroport.

C'était d'ailleurs une sorte de voyage. Pour la première fois les noms de mes grands-parents, de mon arrière-grand-mère et de ma grand-tante allaient m'apparaître quelque part. Un bloc de pierre avec leurs noms inscrits dessus. Une tombe après soixante années de silence. J'étais tellement impatiente. Nous avons marché longuement entre les deux allées, d'un côté et de l'autre du Mur, les cherchant, butant sur des noms très proches avant de les trouver. Tous les quatre. Elka et Eva Mandelstam, mère et fille ensemble, la mère ouvrant la marche. Puis, très haut, Kogan et Frieda. Je les voyais sans pouvoir les atteindre. Alors Julien m'a prise dans ses bras et m'a portée pour que je les touche. Il m'a soulevée sans un mot et il a fait le pont entre mes morts et moi. J'ai retiré mon gant et j'ai pu toucher la pierre, le creux de leurs noms gravés dedans. C'était avant la naissance de mes filles. Mais j'ai su à ce moment-là, avec gratitude, que nous serions une famille. Et qu'avec nous, à travers nos enfants, éclateraient à nouveau leurs voix.

L'écriture de ces pages fut longue. Elle a cheminé en moi pendant deux décennies. Depuis que ma mère m'avait tendu la grande enveloppe en kraft contenant les lettres de mes grands-parents, un dimanche après-midi, rue du Val-de-Grâce, faisant de moi la dépositaire de leurs mots. Ce jour-là, même si j'ai mis beaucoup de temps à le comprendre, j'ai accepté leur silencieuse injonction. Je m'y suis pliée à la place de mon père que son nom, inscrit sur l'enveloppe, désignait pour accomplir ce travail. J'ai décidé, malgré son interdiction, de rompre le silence sur sa souffrance d'enfant et sur l'assassinat de ses parents. Aujourd'hui j'en sais davantage que lui sur sa propre histoire. Je suis la mémoire de son enfance.

Vingt ans pour l'écrire. La peur au ventre, mais j'y suis arrivée. Peur de trahir, de transgresser. Peur de fournir par mes mots l'arme qui mènerait à ma perte et à celle de mes proches, si l'Histoire, comme mon père en était persuadé, venait à se répéter.

J'ai louvoyé. Je me suis arrêtée en route, longtemps, à mi-chemin d'un col trop raide. Mais j'ai réussi. Mes filles sauront d'où elles viennent sans en porter le poids, et cela me réjouit.

Un dimanche de septembre nous sommes allées toutes les trois, accompagnées de mon amie Alice, nous promener au Vaudoué. J'y venais pour la troisième fois. Il faisait encore doux. Alice avait, pour l'occasion, emprunté une voiture couleur bleu bonbon, ce qui amusa beaucoup les enfants. Nous la décapotâmes une partie du trajet, refroidies mais heureuses de cette virée qui s'était décidée quelques jours auparavant, sur un coup de tête.

Nous y arrivâmes en fin de matinée. Nous nous garâmes devant la petite épicerie du village qui est adjacente à l'école. J'imagine que mon père y suivit toute sa maternelle ainsi que son CP.

La commerçante, diserte, nous indiqua le chemin du cimetière.

Je voulais montrer aux filles la plaque que la mairie du village avait fait poser quand Clara n'avait pas encore quatre ans, en mémoire de mes grands-parents. Devant elle, je leur racontai le Kaddish, que des hommes que je ne connaissais pas chantèrent ce jour-là pour honorer leur souvenir. Je ne sus pas leur restituer l'intensité de ce moment et la beauté de ce petit chœur d'hommes, mais j'aime à penser qu'elles ont pu tout de même se le représenter.

Je voulais aussi revoir la tombe de mon arrière-grand-père, Movcha Mandelstam, qui se trouve dans le minuscule carré juif, et que la cousine Esther avait fait nettoyer après cette cérémonie. Elle est en pierre grise, toute simple, gravée à son nom et ornée d'une belle étoile de David.

Puis nous nous dirigeâmes vers les Bruyères, que nous trouvâmes facilement. La maison a gardé le même nom, et sa clôture, verdoyante, est identique à celle devant laquelle posent Eva et Frieda sur quelques photos. Elle est magnifique. Très bien entretenue.

Nous sonnâmes. Une jeune femme blonde vint nous ouvrir. Un peu gênée, je lui racontai mon histoire et ce que cette maison signifiait pour moi. Elle nous fit entrer, et proposa de nous la faire visiter. Elle ajouta qu'elle avait très peu changé depuis sa construction. Son grand-père, lorsqu'il l'acheta à Pierre de Lattre – elle ne connaissait malheureusement pas la date de cette transaction –, n'avait pas touché à sa structure, s'autorisant seulement à abattre un mur porteur dans le salon pour gagner un peu de lumière. Le reste de son architecture, les tomettes au sol, les lourdes poutres en bois sombre qui traversaient le rez-de-chaussée ainsi que les chambres à l'étage n'avaient pas été modifiées. Elle nous précéda dans l'escalier et nous mena à sa chambre. Cette pièce, tout de suite à gauche sur le palier, regarde l'église. En cette fin d'été nous ne pouvions cependant pas la voir, la densité des arbres en cachait la vue. Je ne retrouvai rien des souvenirs de ma visite d'adolescente avec mon père. Rien, hormis sa voix dans cette même chambre, qui me disait : « Regarde, c'est là que je suis né. »

Le jardin, quoique ravissant, me sembla tout petit. Un mur le sépare aujourd'hui d'une bâtisse. Il s'agit probablement de l'ancienne dépendance où logeaient les pensionnaires dont parle Frieda dans ses lettres. Le jardin sur lequel elle est construite devait, quant à lui, accueillir les campeurs. La petite bicoque que louait l'amie d'Eva, Genia Romoff, existe toujours. Elle est devenue un établi. Du lierre grimpe sur sa façade, et ses volets, bleu-vert, sont de la même teinte, exactement, que ceux de la maison. L'ensemble est raffiné, loin de la saleté tenace qui désespérait tant sa locataire.

Nous restâmes longtemps avec la jeune femme. Elle nous assura de l'amour qu'elle avait pour ce lieu dont sa famille, depuis trois générations, prenait grand soin. Je fus émue de son attachement, comme de découvrir une petite troupe de têtes blondes dont certaines lui ressemblaient beaucoup, qui nous regardaient, intriguées.

Contemplant mes filles, je ne pus m'empêcher d'imaginer quels auraient été leurs jeux, leurs cavalcades dans ce jardin. Elles se tenaient près de moi, toutes proches, le corps tendu, légèrement raides, ne sachant trop que faire. Elles étaient intimidées.

J'aurais voulu leur dire que leurs mains dans la mienne à ce moment-là, ce bloc que nous formions toutes les trois, étaient un cadeau merveilleux. Que nous étions dans une maison qui n'était pas la nôtre et ne le serait jamais. Que je m'enfonçais dans des souvenirs perdus, mais que tout cela n'avait plus d'importance. Que la vie était devant. Que les voir courir et jouer à chat dans la grande allée de pins à la sortie du cimetière et tourner le dos à tout ce malheur était un pur bonheur.

Il fallait que mon récit se termine ici. À l'endroit où mes grands-parents choisirent de s'installer très peu de temps après leur arrivée en France. Où ils rencontrèrent Pierre de Lattre. Où mon père vit le jour un matin d'octobre. Où mon arrière-grand-père Mandelstam se tua à la hache à l'arrivée des Allemands en France. Où mon grand-père Kogan, sur ordre de la préfecture, fut arrêté la première fois et interné à Beaune-la-Rolande puis à Pithiviers. Où était cette maison dont mes grands-parents, parce que juifs, furent spoliés, devenant définitivement des fugitifs. Maison que Pierre racheta pour leur garantir un toit si par miracle ils revenaient des camps. Qu'il finit par vendre pour essayer de se délester de ce lieu où il fut si heureux avec eux. Dans lequel mon père ne retourna que très rarement et qu'il ne chercha pas à racheter.

Jusqu'à ce dimanche de septembre où, immortalisées par les photos de mon amie Alice, nous posons toutes trois devant l'église du village, enlacées et heureuses.

Je remercie ici toutes les personnes sans qui ce livre n'existerait pas :

Ma merveilleuse amie et éditrice Alice d'Andigné, adjuvante hors pair, qui a patiemment collecté mes « petits textes » avant de me persuader qu'ils pouvaient devenir un livre. Sa détermination et sa tendresse m'ont été capitales.

Henri Roussel que je ne remercierai jamais assez d'être à mes côtés depuis mon enfance. Merci de m'avoir lue et relue, corrigée patiemment pendant des mois, jus d'orange et éclats de rire toujours au rendez-vous.

Renée, sa femme, où qu'elle soit.

François Otchakovsky-Laurens pour ses recherches et ses conseils qui ont tant enrichi mon travail. Cette amitié que nous nouons, quatre-vingts ans après la disparition de nos grands-pères, comme un pont entre les générations, me réjouit.

Laurent Theis qui comprit, il y a longtemps, la nécessité dans laquelle j'étais d'écrire ce récit et qui me présenta Michel Laffitte que je remercie également pour ses corrections historiques et sa bienveillance.

Mes formidables amies qui m'ont écoutée et encouragée pendant toutes ces années où je leur parlais de ce travail d'écriture sans réussir à le commencer.

Sylvie, ma mère, Thomas et Philippe, mes frères, qui ont accepté que j'utilise leurs noms et que je raconte notre histoire sans en rien modifier.

Clara et Alice et leur papa qui ont supporté que parfois ce livre prenne trop de place dans notre quotidien.

Monique Bydlowski qui, je l'espère, sait ce que je lui dois.

Sophie Charnavel enfin, Delphine Roché, Benita Edzard, Laetitia Beauvillain, Joël Renaudat, Anne Hémion, Adélaïde Yvert, les filles de la fabrication, et toute l'équipe des Éditions Robert Laffont qui ont accueilli mon texte avec confiance et enthousiasme.

Ce livre existe grâce au travail de toute une équipe.

Communication : Caroline Babulle, Sandrine Perrier-Replein, Typhaine Maison, Inès Paulin, Adélaïde Yvert.

Coordination administrative : Martine Rivierre.

Studio : Pascaline Bressan, Barbara Cassouto-Lhenry, Joël Renaudat.

Fabrication : Muriel Le Ménez, Céline Ducournau, Bernadette Cristini, Sophia Paroussoglou, Isabelle Goulhot.

Commercial, relation libraires et marketing : Laetitia Beauvillain, Perrine Therond, Ombeline Ermeneux, Élise Iwasinta, Morgane Rissel, Arthur Rossi, Aurélie Scart.

Cessions de droits : Isabelle Votier, Benita Edzard, Lucile Besse, Sonia Guerreiro, Costanza Corri.

Gestion : Sophie Veisseyre, Chloé Hocquet, Isabelle Déxès, Camille Douin.

Services auteurs : Viviane Ouadenni, Jean-François Rechtman, Catherine Reimbold.

Ressources humaines : Mylène Bourreau.

Juridique : Laëtitia Doré, Anaïs Rebouh, Valérie Robe, Lucie Bergeras, Julia Crosnier.

Avec le soutien des équipes d'Interforum et d'Editis qui participent à la création, la diffusion et la distribution de ce livre.

Canoros Vehit Canentes

Composition et mise en pages
par Facompo Lisieux

Pour plus d'information :

www.lisez.com

Imprimé sur du papier issu de forêts gérées durablement.

CET OUVRAGE
A ÉTÉ ACHEVÉ D'IMPRIMER
SUR ROTO-PAGE
PAR L'IMPRIMERIE FLOCH
À MAYENNE EN MAI 2023

N° d'édition : 66024/06 – N° d'impression : 102586
Imprimé en France